이 책을 사랑하는

_____에게

드립니다.

아내는 선물이다

- Wife is Gift -

아내는 선물이다

채복기 지음

Wife is Gift

도서출판 채영

프롤로그

　서서히 죽어가는 암 투병 중에서도 홀로 남아 있을 남편의 행복이 더 걱정스러웠던 한 여인의 사부곡이 우리의 가슴을 아리게 했다.

　난소암 말기 투병 중인 미국의 여성 작가가 혼자 남게 될 남편을 위해 "대리 공개구혼"에 나섰던 것이다. 시카고 언론에 따르면 시카고 출신 아동도서 작가 에이미 로즌솔(51)은 뉴욕타임즈의 인기 칼럼 코너 '모던 러브' Modern Love에 "제 남편과 결혼해 주실래요?"You may want to marry my husband?라는 제목의 글을 올렸다. 에이미 로즌솔은 글에서 26년간 행복한 결혼생활과 느닷없이 닥친 암 선고를 비롯해 남편인 제이슨 로즌솔을 향한 애정과 고마움, 이별의 아쉬움 등을 담담히 털어놓으며, "지금 나는 5주째 음식을 제대로 섭취하지 못한데다 진통제 모르핀의 영향으로 종종 의식이 흐릿해지고 있다. 하지만 내가 세상을 떠난 후 남편이 좋은 사람을 만날 수 있길 바라며 사력을 다해 글을 쓰고 있다. 만약 어느 여인이 꿈처럼 멋지고 결단력 있는 동반자를 찾고 있다면 제 남편 제이슨이 바로 당신의 사람이다"라고 소개했던 것이다.

아내는 선물이다

이어 "막내딸이 대학에 진학하고 남편과 제2의 인생을 시작하려던 2015년 9월 맹장염 증상으로 응급실에 갔다가 난소암 선고를 받았다"며 "적어도 26년은 남편과 함께 더 살 줄 알았다"고 아쉬워했다. 로즌솔은 남편에 대해 "키 178㎝에 몸무게 73㎏, 반백의 머리에 헤이즐 색 눈동자를 가졌다"며 신체 특성을 열거한 뒤 "세련된 멋쟁이"라고 소개했다.

　특히 "20대인 두 아들이 아빠 옷을 종종 빌려 입을 정도로 세련된 멋쟁이"라며 "퇴근길에 직접 장을 봐서 저녁을 만들어주는 로맨티스트이고 집안 곳곳을 스스로 손보고 고치는 만능 핸디맨이며, 자상함까지 듬뿍 갖춘 좋은 남편"임을 강조했다.

　로즌솔은 끝으로 "남편과 잘 어울릴 사람이 이 글을 읽고 남편에 대해 알게 돼 또 다른 러브스토리가 시작되길 간절히 소망한다"며 그 두 사람의 이야기를 위해 칼럼 아랫면을 공백으로 남겨둔다고 덧붙였다.

　이 글을 읽는 내내 가슴이 저려 왔다. 이제 나 자신에게 한번 물어보자. 정말 냉정하게 한 번 물어보자. "지금 내가 로즌솔 여인처럼 암으로 서서히 죽어가고 있다면 나는 어떤 행동을 할까? 더 심술부리고, 더 많이 짜증내지 않을까? 나 죽고 난 다음에 남편의 행복 따위까지 과연 생각해 줄 수 있을까?"

어쩌면 로즌솔의 죽음도 언젠가 우리에게 다가오는 죽음과 별반 다르지 않을 것이다. 그러나 그녀가 혼자 남게 될 남편을 위해 "대리 공개구혼"까지 나서며 쓴 칼럼이 우리의 가슴속 깊은 곳까지 아프게 한 것은 로즌솔 자신에게 허락되어 있던 제한적 시간과 공간 속에서 조금도 세상을 원망하지 않고 끝까지 남편을 사랑하며 걱정하는 모습을 보여 주었기 때문이다. 자신의 가장 절박하고 비참한 상황에서도 끝까지 의연함을 잃지 않고 마지막 순간까지 자신의 죽음보다 남편의 행복을 먼저 생각하는 그녀를 보면서, 얼마나 남편이 아내를 사랑하고 따뜻하게 잘 해 주었으면 죽어가는 아내가 남편을 위해 "내 남편의 새 부인을 구합니다"라는 공개 구혼까지 할 수 있었을까.

그렇다. 아내는 신(神)이 나에게 준 선물이다. 선물과도 같은

아내는 선물이다

소중한 아내를 우리 모든 남편들이 사랑하고 따뜻한 마음으로 더 잘 대해 줄 수 있다면 우리도 이 세상에서 가장 훌륭한 남편으로 남을 수 있지 않을까? 남편으로서도 이보다 더 행복하고 멋지고 아름다운 인생은 아마도 없을 것이다.

지금 내가 아내에게 더 잘 해주지 못해서 부끄럽다면 나는 아내를 제대로 사랑하지 못한 것이다. 머릿속이 복잡한 사랑도 사랑이 아니다. 합의되지 않은 이기주의에서 오는 자기 욕심일 뿐이다. 정말 그렇다. 아내 사랑은 자신의 이기적인 욕구를 채우는 수단이 아니다. 어떠한 환경과 어려운 여건 속에서도 아내를 배려해 주어야 하는 의지이다. 사람은 사랑의 힘으로 살아가는 존재이기 때문에 그렇다.

이 책은 아내들을 위한 책인 동시에 남편들을 위한 책이다. 결혼을 앞둔 예비 신랑뿐만 아니라, 이 땅의 모든 남편들이 이 책을 읽고 자신을 돌아보는 계기를 삼을 수 있기를 바란다. 그래서 남편 자신의 욕망만을 이루기보다 아내의 행복과 기쁨을 채워주는 존경받는 남편이 다 될 수 있기를 바라는 마음이다.

차례

Part 1
:
:

아내는
선물이다

1.
아내는
선물이다

　이제 곧 화성을 정복하려는 시대가 다가왔다. 달나라 정복은 아주 먼 옛날 동화 속의 이야기가 되어 버렸다. 그런데 이런 시대에 아직도 아내를 소유물이나 부속물로 생각하는 남편들이 가끔 있다. 아내를 아이나 낳아 주고 집에서 밥하고 빨래나 하는 파출부 정도로 생각하는 남편들 말이다. 한마디로 대단한 착각 속에 빠져서 살아가는 사람들이다. 좀 거칠게 표현하자면 간이 부은 사람이다. 지금은 조선시대가 아니다.

　그렇다. 아내는 또 하나의 소중한 "나"이며 생명의 유업을 같이 나눌 자이다. 그리고 평생을 같이 할 동반자이다. 아내가 곧 나이며, 생명의 유업을 같이 나누고, 평생을 함께 할 동반자라면 분명 아내는 신(神)이 나에게 주신 선물인 것이다. 잠언(箴言)에 보면 "좋은 아내는 하나님으로부터 온다"라고 기록되어 있다. 아내는 하나님이 주신 선물이라는 뜻이다. 하나님이 맺어 준 축복으로 받아들여 내 아내를 최고의 선물로 여기라는 말이다. 아내는 소유물도, 부속물도 아니다. 보석과 같은 존재다. 이 땅에서 내가 받은 선물 중에서 가장 아름답고 소중한 선물인 것이다.

선물이란 그렇다. 보는 대로 보여지는 특성이 있다. 선물을 귀하게 여기면 소중하게 되고 하찮게 여기면 하찮아져 버린다. 남편이 아내라는 선물을 복으로 생각하면 축복의 삶이 되어지고 우습게 여기면 불행한 삶이 되어지는 것이다. 그러므로 아내를 귀한 선물인 줄 아는 사람은 아내를 귀히 여기며, 아내를 하찮게 생각하는 사람은 나 스스로도 하찮은 사람이 되어버리는 것이다. 선물은 누구나 소중하게 생각한다. 특히 아무것이나 받는 선물이 아니라 내가 선택해서 받은 선물이라면 당연히 소중하게 생각해야 하는 것이다.

아내는 나의 동료요 친구요, 인생의 반려자이다.
그리고 평생을 함께 가야 하는 동반자이다.
아내는 남편의 인생에 빛을 던져준 사람이다.

이 말에 공감하는 남편들이 얼마나 될까?

나는 가끔 생각해본다. 대부분 남편들은 자신의 아내가 "티가 없고, 주름이 없는 인격의 소유자"가 되기를 원한다. 그런데 그게 가능할까? 가능하다. 그것은 남편이 아내를 자신의 몸처럼 사랑하면 가능하다. 그럴 때 아내의 마음은 티가 없고, 주름 잡힌 것이 활짝 펴진다. 아내의 얼굴이 활짝 펴지게 만드는 것은 좋은 화장품을 사다 주는 것이 아니다. 보톡스를 맞거나 성형수술을 시켜주는 것도 아니다. 남편의 따뜻한 사랑이다. 남편이 아내를 사랑해 주면 아내의 가슴에 맺혀 있던 응어리가 풀어지고 상처를 낫게 하는 묘약이 되는 것이다. 여자는 남편으로부터 사랑을 받을 때 인격이 완성되고 삶에 대한 만족이 생기게 된다. 남편의 사랑이 여자를 완성시키기 때문이다.

다시한번 더 말하지만 아내는 집에서 밥이나 하고, 청소나 하고 아이만 키우는 주부나 파출부가 아니다. 인격적으로 대해야 하는 남편과 똑같은 소중한 인격체이다. 그러므로 깨어지기 쉬운 그릇으로 생각하고 최대한 부드럽고 따뜻하게 대해 주어야 한다. 아내는 생명의 유업을 같이 나눌 자이기 때문이다. 토마스 풀러Thomas Fuller는 "나오미"라는 여인의 모습을 이렇게 표현했다.

여자는 연약한 존재입니다.
여자 중에서도 노년기의 여자는 더욱 약합니다.
그 중에서도 과부는 더 불쌍합니다.
거기에 가난한 과부는 더 더욱 측은합니다.
나아가,
가난한 노년기의 과부 중에서도 자식이 없는 사람은 더욱 처량하며 그것도,
먼 타국에서 객이 된 자식 없는 가난한 노년기의 과부는
실로 가련하며 불쌍합니다.

토마스 풀러는 왜 이런 글을 남겼을까? 점점 나이를 먹어가는 자신의 아내를 생각하며 좀 마음 아려 할 줄 아는 남편이 되려고 이런 글을 남기지 않았을까. 인디언의 글 중에 이런 말이 있다.

우리는 더 이상 비를 맞지 않으리라.
서로가 서로의 우산이 되어 줄 터이니.

짧지만 강렬하면서도 감동적인 말이다. 그렇다. 아내와 함께 살아간다는 것은 평생 아내의 우산이 되어 주는 일이다. 그 우산은 아내를 향한 변치 않는 따뜻한 사랑과 배려이다. 아내를 향한 그런 마음을 조금이라도 가지고 있다면 내 아내의 얼굴은 언제나 환하게 빛날 것이다. 혹시 지금 곁에 아내가 있다면 손을 잡고 이렇게 한번 말해보자. "당신은 나의 축복입니다"라고 말이다.

아내는 나의 모든 실수와 허물을 가려주는 유일한 사람입니다.
그 온기에 위로를 받습니다.
아내는 내가 가장 사랑하는 삶의 원초적인 존재이며
늘 사랑과 행복이 피어나는 만발한 꽃밭과도 같은 여자입니다.
아내가 남편을 향하여 환하게 웃어주는 웃음이야말로
세상에서 가장 행복하고 아름다운 순간들이 됩니다.
그런 아내는 나의 다른 반쪽일 뿐 아니라, 꼭 필요한 반쪽입니다.
매 순간 순간마다 소중히 여겨야 합니다.
언제 둘 중의 하나가 먼저 떠날지 아무도 모르는 게 부부의 인생이기 때문입니다.

아내는 선물이다

좀 팔불출 같은 대답이지만 누가 나에게 "당신은 언제가 가장 행복한 시간이냐?"고 묻는다면 나는 주저 없이 말한다. 아내와 함께 있을 때가 가장 행복하다고 말이다.

　　그렇다. 나는 이 세상에서 아내와 함께 있을 때가 가장 재미있고, 즐겁고, 편안하다. 그리고 가장 행복하다. "보고 있어도 보고 싶은" 그 정도까지는 아니지만, 늘 함께 있어도 더 함께 있고 싶은, 평생을 그렇게 사랑하고 싶은 아내이다. 우리 모두, 살아가면서 행복을 너무 멀리 있는 것이라고 생각하지 말자. 행복은 정말 가까운 곳에 있다. 나와 가장 가까이에 있는 사랑하는 아내와 함께 있는 것이 가장 큰 행복이다. 서로가 서로에게 쉬어가는 노을처럼 말이다.

　　언젠가 SNS에서 본 글이다. 참 멋진 글이었다.

　　당신이 사랑을 했으면 앞을 바라보세요.
　　사랑을 할 것이라면 마주 바라보세요.
　　지금 사랑을 하고 있으면 같은 방향을 바라보세요.

　　아내는 지금 내가 사랑하고 있는 사람이다. 세상 끝나는 날까지 같은 방향, 같은 목표를 바라보면서 내가 지켜 주어야 할 가장 소중한 사람이다. 그러므로 아내는 "돕는 배필"로 지음을 받았다는 것을 기억해야 한다.

아내는 언제 가장 행복해 할까? 무조건 남편으로부터 사랑을 받을 때이다. 그러므로 이른 아침 잠에서 깨어났을 때 자식들보다 아내 생각이 제일 먼저 나야 한다. 삶의 애환마저도 즐거이 닦아내며 가족들만을 사랑한 내 아내가 아니었던가. 완벽하지 못한 남편의 반쪽을 채워주려고 무던히도 애써 왔던 내 아내가 아니었던가. 물론 아내에게도 부족한 면들이 있을 것이다. 하지만 좋은 면들만 바라보자. 난들 아내에게 부족한 면이 왜 없겠는가. 난들 아내에게 뭐가 그리 완벽하겠는가. 때로는 나 때문에 아내의 가슴을 아프게 할 때도 참 많이 있지 않았던가. 그래도 누가 뭐라든, 자신의 모든 것을 오직 가족이라는 둥지를 위해 쏟아 주던 고마운 아내가 아니었던가. 아주 사소한 것 같지만 아무 때나 전화하고 아무 때나 카톡을 보낼 수 있는 이런 아내가 365일 언제나 내 옆에 존재하고 있다는 자체 하나만으로도 얼마나 고마운 사람인가.

그렇다. 아내는 나에게 화사하고 따스한 아침햇살 같은 여인이다. 그냥 바라만 보아도 고마운 여인이다. 그 어떤 여자보다 아름답게 바라보아야 할 나의 아내이다. 눈가에 늘어가는 아내의 주름은 중요하지 않다. 나이도 중요하지 않다. 지금의 모습 그대로를 사랑해 주어야 하는 고마운 여인일 뿐이며 인생의 추억을 같이 만들어갈 아름다운 여인이다. 먼 훗날 다가올 10년, 20년, 혹은 30년이 향기 가득한 추억으로 채워질 것을 다짐하고 기대하면서 살아갈 수 있다면 남은 생애는 얼마나 더 행복할까. 모든 남편들이 아내를 고맙고 소중한 선물로 생각해야 할 이유가 아닐까.

아내는 선물이다

2.
선물은
비교하는 것이 아니다

우리가 결혼 생활을 하면서 가장 큰 실수를 범하게 되는 것 중의 하나가 내 아내를 다른 여자와 비교하는 것이다. 이것 역시 못난 남편들의 특성이다. 결혼 생활이 불행하지 않으려면 내 아내를 다른 여자와 절대로 비교해서는 안 된다. 왜냐면 아내는 이미 내가 받은 선물이기 때문이다. 그것도 내가 선택해서 받은 선물이다.

결혼 생활의 행복 척도를 다른 여자들과의 비교를 통해 찾는 이들의 특징은 내 아내가 다른 여자보다 얼굴이 예쁘거나 몸매가 날씬하면 더 행복할 것 같고, 비교의 모든 면에서 우위에 있으면 행복하고 그렇지 않으면 불행하다고 생각한다. 그 사람들이 누릴 수 있는 행복에는 총량이 정해져 있어서 비교 면에서 조금이라도 우위에 있으면 무조건 행복한 것처럼 생각하는 것이다.

내 아내를 다른 여자와 비교하면서 살아가는 것은 아주 공허한 인생을 살아가는 사람이다. 마음의 자유로움을 포기하면서 살아가는 사람이다. 그런 사람은 평생을 불행 속에 갇혀 살아갈 수밖에 없다. 자신 스스로를 가두어 버렸기에 이미 자신의 인생이 없어진 삶을 살아가기 때문이다. 남의 아내를 의식하거나 다른 여자에 기웃거리는 사람은 자신의 소중한 가치를 만들어 나갈 수가 없다. 다른 사람들과 끊임없이 비교하면서 갖는 상대적 박탈 감이 오히려 부부생활의 행복을 메마르게 한다. 그런 사람일수록 더 많은 풍요를 손에 쥐려고 한다. 그리고 더 많은 것을 손에 쥘수록 하나라도 더 잃어버릴까봐 점점 더 걱정 속에서 살아가게 된다. 그러므로 아내를 다른 여자와 비교하면서 자신의 삶이 좌우된다면 무조건 불행한 인생을 살아가는 사람이다.

물론 우리는 인간이기에 다른 여자의 장점들을 부러워할 수 있다. 하지만 부러움을 넘어 비교로 발전해 나가서는 안 된다. 부러워한다는 것은 나를 현실에 안주하지 않게 하며, 더 나아가 발전할 수 있게 하는 원동력이 될 수도 있다. 하지만 비교는 비교 그 자체에만 얽매일 경우 결국엔 불행한 결과를 가져오고 만다. 그래도 자꾸만 나의 아내를 다른 여자와 비교하고 싶다는 생각이 든다면 균형을 맞추어 나가야 한다. 다른 여자가 가진 것과 내 아내가 안 가진 것만 비교하는 것이 아니라, 다른 여자가 못 가진 것과 내 아내가 가지고 있는 좋은 것들을 동시에 비교해야 된다. 이런 식으로 스스로의 균등을 만들어 나가야 자연스레 불만과 비교의식 그리고 상처까지도 없어지게 되는 것이다. 즉 비교 대상을 확대해 볼 때 자기 자신을 좀 더 객관적으로 평가할 수 있게 되는 것이다. 그렇다. 남편이 아내를 다른 여자들과 끊임없이

아내는 선물이다

비교하며 산다는 것은, 결국은 평가에 대한 지나친 불안 때문이다. 이런 불안이 높은 사람일수록 부부 생활의 행복지수는 아주 낮아지게 된다. 인생을 낭비하는 짓이다. 지금 내가 갈망하고 있는 현실적인 나의 삶에 충실하는 것이 훨씬 더 중요한데 말이다.

특히 아내의 내면을 다른 여자들의 외모와 비교하지 마라. 그것은 바보 같은 짓이다. 아내의 가치를 깎아내리는 일이다. 결국 조금도 중요하지 않은 것을 위해 진짜 중요한 가정이 희생을 당하는 엄청난 실수를 범하는 것이다. 일단 결혼을 했다면 아내는 이미 내가 받은 선물이다. 선물은 비교하는 것이 아니다. 선물은 환불도 안 된다. 한번 얻은 아내는 아무리 울고불고 떼를 써도 내 마음대로 바꿀 수 없다. 버린다면 몰라도 그렇지 않다면 내 아내에 대한 관점을 바꿀 수밖에 없는 것이다. 내 아내도 다른 뭇 남자들이 보았을 때 얼마든지 매력을 가지고 있는 여자라는 관점말이다. 그리고 거기에 대한 자신감을 가져야 한다. 내 아내를 향한 자신감은 다른 사람들보다 강력하기 때문이다. 내가 보는 모든 것은 내가 어떻게 보느냐에 달려 있는 것이다.

특히 결혼 전 이성친구와 비교하는 것은 유령을 끌어들이는 푸닥거리이다. 내 아내가 된 지금의 아내가 최고의 아내, 최상의 아내라는 긍지로 살아가야 한다. 그것이 남편으로서의 올바른 도리이자 세상의 이치이다. 나는 내 아내가 미스코리아나 예쁜 연예인보다 더 예쁘다고 생각한다. 예뻐도 훨씬 더 예쁘다. 내 눈에는 세상에서 가장 예쁘게 보인다. 이유는 간단하다. 백날 천 날

미스코리아나 연예인들을 쳐다보고 좋아해 봐야 그들은 나에게 라면 하나 끓여주지 않는다. 우리 집 청소는 고사하고 내 양말 한 짝도 빨아주지 않는다. 나 하고는 아무런 상관이 없는 여자들이다. 괜히 시간만 낭비하는 짓이다. 그런 여자에게 한 눈을 파는 것은 세상천하의 바보 같은 짓이다. 눈길 한 번 주지 않을 여자들한테 정신 팔지 말고 현실 가능한 내 아내를 더 이뻐하고 지금의 조강지처에게 백번 천 번 더 잘해야 된다는 것이다. 훗날 헛짓거리 같은 인생을 살지 않으려면 말이다.

남자들은 대체로 자아도취 착각증이 있다. 그래서 실수를 잘하는 편이다. "내가 이 여자와 결혼을 안 했더라면 더 예쁜 여자와 결혼할 수 있었을 텐데..." 결혼해서 10년, 20년을 살아놓고도 이런 말도 안 되는 착각을 한다는 말이다. 아내로부터 행복을 찾으려고 하지 않고 세상 밖에서 쓸데없는 행복을 찾으려고 하는 바보 같은 사람들 말이다. 이런 사람은 내 아내를 사랑하며 살아가는 하루하루가 얼마나 감사하고 축복된 일상인지 모른다. 아내가 내 옆에서 사라져 봐야 그때야 비로소 아내의 소중함을 깨닫는 사람이다. 피곤하게 다른 여자 기웃거리지 말고 내 아내 한 사람에게만 집중하고 사랑하자. 허구헌 날 바쁘다는 핑계를 요리조리 잘 대는 남편들, 그 와중에도 다른 여자 기웃거릴 시간은 어떻게 만들어 내는지 모르겠다. 모든 사람들이 자기가 맡은 일에 열심히 하면 세상이 아름답게 돌아가듯이 내 아내 한 사람만 열심히 사랑하고 충실하면 이 세상의 모든 가정은 평화롭게 돌아가는 것이다.

아내는 선물이다

결혼이란 그렇다. 일단 결혼을 하게 되면 본인이 선택했던 조건들이 조금씩 희미해지기 시작한다. 결혼은 불완전한 두 사람이 만나 완전을 향해 조금씩 바뀌어 가는 과정이다. 자신의 생각들을 빨리 추스를 줄 알아야 한다. 다른 여인을 바라보면서 아내와 비교하는 남편들! 좀 심하게 표현하자면 정말 쓸잘데기 없는 인생을 살아가는 사람들이다. 누가 뭐래도 결혼의 첫 번째 필수 조건은 사랑해서 결혼하는 것이다. 사랑하지 않으면서 결혼하는 사람은 없다. 비록 잠시 사랑을 했다 할지라도 사랑했기 때문에 결혼한 것이다. 어떤 결과에는 반드시 원인이 있겠지만 아내와의 결혼도 내가 사랑해서 선택한 것이다. 정말이지 어떠한 경우에도 내 아내를 다른 여자와 비교하면서 살아가서는 안 된다. 아내 입장에서는 비교당하는 그 자체 하나만으로도 정말 비참해진다. 그리고 남편에 대한 배신감을 느낀다. 비극은 그렇게 해서 잉태되는 것이다.

가끔 아내로부터 이런 내용의 문자가 온다. "여보, 당신 장가 기똥차게 잘 갔지?" 그러면 나는 한 치의 주저함도 없이 답장을 보낸다. "예, 마님."

이 세상에서 나 다음으로 귀한 존재는 자식이 아니다. 아내이어야 한다. 아내를 향한 사랑은, 아내가 좀 부족하다 할지라도 끝까지 아내를 믿어 주는 것이다. 남들이 나를 어떻게 바라보든, 나만의 아내를 열심히 사랑하고 그녀를 향한 따뜻한 사랑으로 묵묵히 살아가는 그런 사람의 인생이 결국 아름다운 인생이 되는 것이다. 행복보다 더 값진 부부 인생의 승리자 말이다.

3.
아내는 행복해야 할 권리가 있다

성서에 보면 하나님이 이 땅에 있는 모든 부부에게 명령한 것이 하나 있다. 그것은 "아내를 자기 몸처럼 사랑하라"는 것이다. 이것은 부탁이 아니라 명령이다. 어떠한 경우이든지 자신의 몸을 사랑하는 것처럼 아내를 사랑해야 한다는 것이다. 그런데 이러한 요구에 항변하면서 아주 억울해하는 사람들이 가끔 있다. 그것은 "아내가 사랑스럽지 않은데 어떻게 사랑하느냐"는 것이다. "이제는 사랑이 다 식었습니다." "아내가 사랑 받을 짓을 해야 사랑하지요." 이것은 한마디로 더 이상 아내가 사랑스럽지 않다는 것이다. 아내의 단 물만 다 빼먹고 버리려는 아주 나쁜 남편들이다.

자, 여기서 우리가 한 가지 짚고 넘어가야 할 중요한 질문이 있다. 아내가 사랑스럽지 않다면 사랑하지 않아도 될까? 아니면 아내가 사랑스럽지 않으면 아내를 사랑하는 것이 불가능할까? 아니다. 사랑스럽지 않아도 사랑해서 사랑스러운 아내로 만들어야 한다. 그럼에도 또 항변하는 사람들이 있다. "아니, 아무리 그래

아내는 선물이다

도 이제는 더 이상 아내에 대한 사랑의 감정이 생기지를 않습니다. 그런데 어떻게 사랑할 수 있단 말입니까?" 이런 분은 사랑의 본질을 감정이라고 생각하는 사람이다. 사랑의 본질은 감정이 아니다. 의지이다. 사랑하고 싶은 느낌이나 마음이 있어야 사랑할 수 있다고 생각하는 것은 사랑에 대한 대단히 잘못된 오해이다. 사랑은 상대방을 좋아하는 감정이 아니고 좋아하는 마음이 없더라도 상대방이 잘 되기를 바라는 마음에서 나오는 의지적인 행동이다. 사람과 짐승의 차이점이 바로 이것이다. 사람과 짐승의 차이점은 의지적인 행동이 있느냐 없느냐이다. 짐승에게는 그런 의지적인 행동이 나올 수 없지만 사람은 얼마든지 할 수 있다. 상대방이 사랑스럽지 않더라도 사랑하는 것이 옳으면 해야 하는 것이 사랑의 방식, 삶의 방식인 것이다.

내게 핸디캡이 있는 자녀가 있다고 치자. 남들은 그를 사랑하기 어려울 것이다. 하지만 부모는 더 끔찍하게 사랑한다. 이유는 간단하다. 내 자식이기 때문이다. 의지적으로 사랑할 때 사랑의 감정은 점점 더 깊어지는 것이다. 아내를 사랑하는 것도 그렇다. 비록 내가 원하는 만큼 아내가 사랑스럽지 않다 하더라도 의지적으로 사랑하다 보면 분명히 사랑의 감정이 싹 트는 것이다. 사랑의 행동을 보여주는 만큼 사랑의 감정도 그만큼 싹 튼다는 것이다. 아내가 사랑스러워서 사랑하는 것이 아니고 사랑해서 사랑스러워지는 것이다. 아내를 사랑하는 데는 무슨 이유 따위가 필요없다. 내 아내이기에 사랑하는 것이다. 더 이상 토를 달아서는 안 된다. 물론 결혼 전에는 두 눈을 부릅뜨고 열심히 아내라는 상대를 찾아야 할 것이다. 하지만 일단 결혼을 했다면 한 눈을 감아야 한다. 결혼 후에는 아내의 좋은 점에만 눈을 뜨고 단점이나 나쁜 점에는 눈을 감아야 한다. 그래야 지속적으로 아내를 사랑할 수 있는 것이다.

"왜 내가 아내를 사랑해야 합니까?"

사실 이런 질문 자체가 존재해서는 안 된다고 생각한다. "내가 왜 자식을 사랑해야 합니까?" 라는 질문과 똑같은 질문이기 때문이다. 아내를 사랑하는 데 무슨 이유가 필요하단 말인가. 그저 내 아내이기에 사랑하는 것이다. 내 아내를 내가 사랑해 주지 않으면 도대체 누가 사랑해 준단 말인가? 옆집 아저씨나 동네 아저씨가 사랑해 줄 수는 없지 않은가. 좀 과격한 표현이지만 남편이 아내를 사랑해 주지 않으면 아내는 이웃집 아저씨를 사랑해 버린다. 사랑을 못 받으면 얼마든지 고무신을 거꾸로 신을 수 있다는 것이다. 이것이 사람이 하는 사랑이며 사랑에 대한 반응인 것이다.

남편 한 사람만 믿고 시집온 아내에 대해 잠시 한번 생각해 보자. 사랑하는 자신의 가족들과 수십 년을 함께 살다가 하루아침에 부모님과 가족을 떠나서, 살아온 환경이 전혀 다른 '한 남자'에게 기꺼이 시집 온 여인이다. 자신의 정체성인 성(性)까지 버리고 또 다른 세상의 울타리에 아주 두렵고 떨리는 마음으로 들어온 사람이다. 이 땅에 수많은 아버지들이 눈물을 펑펑 쏟으며 정말 속 쓰린 마음으로 떠나보낸 소중하고도 귀한 딸이다. 그런 귀한 딸을 홀라당 데리고 가놓고서는 이제 와서 아내에 대한 사랑이 어쩌고저쩌고 한다면 이 세상의 모든 '딸 바보' 아버지의 입장에선 얼마나 괘씸하고 통탄할 일인가? 아내와 왜 결혼했는가? 그 여자를 사랑했기 때문에 결혼한 것 아닌가. 분명히 사랑한다고 하고선 데리고 오지 않았던가. 수많은 하객들과 주례선생님 앞에서 아주 씩씩하게 큰 소리로 "예!"라고 대답하지 않았던가. 그런 내 아내를 사랑하는 데 무슨 이유 따위가 필요하단 말인가. 내 아내가 된 그 이유 하나만으로도 사랑을 받을 만한 확실한 근거가 되는 것 아닌가.

결혼을 했다는 것은 '이제부터 진정한 사랑이 시작된다는 것을 의미'하는 것이다. 영원히 함께 하기를 비는 기원의 시작이다. 이런 내 아내가 지금 점점 나이를 먹어가고 있다. 어떻게 할 것인가. 웬만한 남편이라면 답이 나와야 된다고 생각한다. 나는 이렇게 생각한다. 부부가 살아가면서 남편의 머릿속에 24시간 아내의 형상이 없다면 이미 남남인 것이다. 아내는 보고만 사는 게 아니다. 가슴속에 지니고 사는 존재다. 특히 부부가 나이가 들어가면서 그 이전까지는 보이지 않았던 아내의 고단함을 볼 수 있어야 한다. 세월이 흘러가며 저절로 생겨난 주름까지도 예쁘고 아름답게 바라볼 수 있어야 한다. 내가 행복해질 수 있다는 것은 아직도 내 아내를 사랑할 수 있는 수많은 요소와 공간들이 남아 있기 때문인 것이다. 아내에게 사랑을 확인시켜 주어라. 아내는 사랑받고 행복할 권리가 있다는 것을 자꾸만 확인시켜 주어야 한다. 사랑이란 그렇다. 책임질 줄 아는 것이다. 그것이 성숙한 사랑이다.

여자는 그렇다. 남편에게 보호받고 싶어 하는 보호본능이라는 것이 있다. 그리고 순종하고 싶어 하는 순종의 본능도 함께 타고 태어났다. 그러므로 아내의 아픔과 외로움이 모두 나의 몫이라 생각하며 보호해 주어야 한다. 남편을 통해 행복해야 할 권리가 있다는 것이다. 그러므로 아내를 무조건 아내로만 대해서는 안 된다. 한 여성으로 대해야 한다. 내 아내이기 이전에 한 여성임을 기억하고 보살펴 주어야 한다는 것이다. 현명한 남자는 아내를 '여자'로 만들어 나간다. 여성, 그 자체는 보호의 개념이기 때문이다. 그리고 인격적으로 대해야 한다. 깨어지기 쉬운 유리그릇으로 알고 부드럽게 대해야 한다는 것이다. 비록 아내와 피를 나누지는 않았지만 생명의 유업을 함께 나눌 자다. 아내를 통하여 나의 피가 내 자녀들에게 이어지고 있기 때문이다. 그러므로 아내는 귀한 존재다. 정말 귀한 선물이다. 사랑 받을 권리, 보호받을 권리, 그래서 무한히 행복해야 할 권리를 가지고 이 땅에 태어난 것이다. 그렇게 귀한 존재가 바로 내 아내이다. 아내들이 남편에게 바라는 것은 거창한 것이 아니다. 아내의 삶을 함께 공유해주고 따뜻하게 바라봐주는 애정 어린 모습, 그것이면 족하다. 이제부터라도 내 삶의 중심에 아내를 넣어 웃도록 해 주어야 한다. 아내의 행복한 웃음만큼 남편의 행복도 커질 것이다.

지금도 이 땅에는 남편으로부터 존귀함을 받지 못하고 힘들어하는 수많은 아내들이 있다. 어떤 남편은 아내를 짐으로 여긴다. 불쌍한 아내들은 그것 때문에 마음 아파한다. 아예 아내를 내팽개친 채 살아가는 남편도, 심지어 아내 사랑하기를 포기하

아내는 선물이다

고 유령의 아내와 살아가는 남편들도 있다. 정말 그렇게 살아서는 안 된다. 이런 불쌍한 아내들에게 마음으로 아내의 귀에 들리도록 따뜻하게 말해 주어야 한다. 의지적으로라도 사랑하겠다고 말이다. 남편으로서 책임지는 인생을 살아야 한다. 내 아내는 내가 책임져 주어야 할 나의 분신 같은 존재이다. 진정 사랑받아야 할 권리가 있는 여인이다. 한번뿐인 인생, 뭐 그리 대단한 것 없다. 내 아내 한 사람만 사랑하고 살아도 부족한 세월이다. 더 이상 아내에게 눈물의 상처를 주어서는 안 된다. 아내는 남편으로부터 사랑받을 권리를 가지고 이 세상에 태어난 나와 똑같은 존재이기 때문이다.

4.
아내가 있음에
감사하라

누군가로부터 선물을 받게 되면 두 종류의 반응이 나타난다. 감사하는 사람과 기뻐만 하는 사람이다. 대체적으로 기뻐만 하는 사람은 감사를 잘 모르는 사람이다. 아내를 선물이라고 생각하는 사람들은 대부분 감사할 줄 아는 사람이다.

그렇다면 아내가 내 옆에 있음에 대해 남편이 감사하지 못하는 이유는 무엇일까? 그것은 또 다른 욕심 때문이다. 자신이 원했던 아내를 소유했음에도 더 많은 것을 원하다가 결국 불행의 늪으로 빠지게 되는 것이다. 아내가 내 옆에 있는 것에 대해 감사가 없는 사람의 입에서는 늘 불평과 원망만 터져 나온다. 삶이 소모적일 뿐만 아니라 부부생활의 기쁨과 의미도 없이 그냥 시간의 배를 타고 떠내려갈 뿐이다. 그래서 이런 남편들의 대부분은 방종으로 빠지기 쉽다. 그러나 아내의 소중함을 알고 하루하루를 감사하는 마음으로 살아가는 사람은 삶 속에서 자신이 경험해보지 못한 또 다른 삶의 가치들을 발견한다. 늘 행복이라는 감격을 맛보며 살아가게 되는 것이다. 즉, 아내에 대한 감사가 운명을 바꾸어놓는 기적의 통로가 되는 것이다.

부부의 삶이 참 묘하다. 나 스스로가 행복을 만들어 나갈 때도 행복하지만 아내가 내 옆에 있음에 감사할 때는 더 큰 행복이 만들어기 때문이다. 사람은 고마움과 감사를 느낄 수 있는 존재이기 때문에 살아가는 의미를 가지게 되는 것이다. 그것이 행복이다. 그러므로 부부의 삶이 행복해지려면 제일 먼저 감사의 눈을 떠야 한다. 그런데 아내와의 삶이 단지 오래 되었다는 이유나 이제는 아내가 싫증이 난다는 말도 안 되는 이유 하나만으로 매일매일의 일상이 너무 단조롭다며 불평 속에 살아가는 남편들이 의외로 많다. 삶에 대한 설렘이나 기대감도 없이 그저 흘러가는 대로 하루하루의 시간을 보내는 사람들이다. 그야말로 물 한 방울 없는 건조한 사막과 같은 부부생활을 하고 있는 것이다. 물론 이런 걸 하소연하는 남편들도 있다. 자신은 잘 해보고 싶은데 아내때문에 안 된다는 것이다. 그런 상황에서도 아내에 대한 감사를 해야 한다는 게 너무 잔인하다는 것이다. 아니다. 그렇지 않다. 비록 그런 상황에 처해 있다 할지라도 아내의 잘못된 부분을 묻어두고 감사할 수 있는 마음을 가질 때 이제껏 당연하다고 생각했던 것들, 그리고 그동안 전혀 감사하지 않았던 모든 것들에 대한 소중한 가치를 알게 되는 것이다. 아내의 조건에 따라 좋을 때만 감사하는 것이 아니라 도저히 감사할 수 없는 환경과 여건 속에서도 감사해야 한다는 것이다. 이것을 "범사의 감사"라고 한다. 아내의 조건이 좋을 때만 사랑하고 감사하는 것은 누구나 다 할 수 있는 일이다. 아내에 대한 감사는 이것이다. 아내에게 없는 것을 찾아 헤매는 것이 아니라 지금 아내가 가지고 있는 것에 만족하는 것이다. 비록 작고 보잘 것 없는 것이라 할지라도 지금 아내가 가지고 있는 것들에 대한 소중함을 깨닫는 것이다. 그럴 때 결혼 생활의 기쁨과 안정과 행복을 누릴 수 있게 되는 것이다. 세상에서 가장 행복한 남편은 세상을 다 가지려는 사람이 아니다. 아내가 내 옆에 있음을 감사하는 사람이다.

수 년 전 어느 식당에서 직접 목격한 대화 내용이다. 테이블 중간쯤에 막노동하는 듯한 허름한 옷차림의 두 남자가 대낮부터 소주잔을 주거니 받거니 앉아 있었다. 그때였다. 술을 마시고 있던 한 남자가 갑자기 욕을 해대기 시작했다. 식당 바닥에 침을 탁탁 뱉어가며 말끝마다 쌍욕이 튀어나왔다. 사정없이 내뱉는 욕들이 나의 마음을 조금은 우울하게 만들고 있었다. 하지만 이상하게도 그들의 목소리에 금방 익숙해졌다.

"야, 인마. 오늘은 술 좀 그만 쳐마시고 일찍 집에 들어가라. 마누라 기다리잖아?"
"마누라? 지랄하고 자빠졌네. 야, 인마! 너는 그래도 살아 있는 마누라라도 있지. 우리 마누라는 도망간 지 6개월도 넘었다."
"그래? 언제?"
"시끄럽다 XX."
"어 알았다. 그래도 너보단 내가 낫네. 아직도 싱싱하게 살아 있는 마누라라도 있으니. 하하."

아내는 선물이다

마누라가 도망갔다는 그 남자는 갑자기 소주병을 들고 병째로 꿀꺽꿀꺽 마시더니 어느새 반병 이상을 순식간에 비워버렸다. 그러고는 젓가락 잡는 것도 귀찮은지 손가락으로 김치를 한 움큼 집어 입안으로 쑤셔 넣고는 씹기 시작했다. 마치 세상에 대한 울분을 갈아 씹는 표정이었다.

"아이 XX. 마누라한테 잘 해 줬어야 했는데. 이 개 같은 세상! 언제나 햇빛 한번 보고 살아 보나."
"그래, 맞아. 엿 같은 세상은 맞아. 자자, 지지리 궁상 그만 떨고 술이나 퍼마시고 오늘은 그냥 확 뒤져 버리자."

비록 욕이 오고가는 대화였지만 아내가 없는 사람들의 울화통 터지는 심정을 너무나 적나라하게 대변해주는 것 같았다. 오랫동안 잊을 수 없는 여운이었다.

남편들이란 그렇다. 어느 날 아내의 빈자리를 보면서 비로소 불평했던 아내와의 삶이 얼마나 소중하고 행복했던 시간이었는지 반성하며 깨닫는 것이다. 그만큼 우리 남편들은 어리석은 존재인 것 같다. 먼저 간 아내를 그리워하며 살아가는 사람들이 이 땅에는 부지기수로 많이 있다. 그런 불행한 사람들을 생각하면 오늘 이 아침에 일어나 숨을 쉬며 새로운 하루를 살아갈 수 있다는 것이 얼마나 축복된 일인가. 또 다른 생명을 돌려받은 듯 더 큰 기쁨과 감사로 아내와 함께 하루를 시작할 수 있다는 것이 얼마나 행복하고 가슴 벅찬 삶인가. 비록 인생에서 실패했을 때에

조차도 좌절 대신 나에게 주어진 새로운 삶을 도전할 수 있는 힘을 아내와 함께이기 때문에 갖게 되는 것이다.

그렇다. 새벽에 아내가 깨우는 잔소리를 듣고 비록 힘들지만 눈을 비비며 일어날 수 있다면 아직도 내가 행복하게 살아가고 있다는 증거다. 정말 눈물겹도록 감사한 일이다. 아침에 일어나서 직장에 가고, 또 다시 집으로 돌아오고, 사랑하는 가족들이 모여 오순도순 식탁에 둘러 앉아 밥을 먹고 또 다시 따뜻한 잠을 청할 수 있다는 것은 지극히 평범한 일상이다. 하지만 그 평범한 일상의 익숙한 것들에 감사할 줄 모를 때가 많다. 아니 대부분이다. 어느 날 내 자신이 엄청나게 큰 사건과 어려운 일을 치르고 나서야 비로소 지루하다고 불평했던 그 일상이 얼마나 소중하고 행복했던 시간들이었는지 뼈저리게 깨달을 때가 얼마나 많은지 모른다. 그것은 비록 적은 것들이지만 지금 내가 가지고 있는 것에 대한 가치를 깨닫지 못하는 우리 인간의 본성 때문이다. 우리 인간은 극한의 상황을 겪어 본 후에야 지금 내 삶이 얼마나 소중하고 감사한 순간들인지 깨닫게 되는 어리석은 존재들이기 때문에 그렇다. 더 이상의 불평은 교만한 것이다. 지금 내가 가지고 있는 모든 위치에 대해 과소평가하는 것이기 때문이다. 내게 주어진 삶을 감사할 수 있다면 아내에 대한 감사 또한 못할 게 없고, 남은 부부 생활도 행복하지 않을 이유가 하나도 없는 것이다. 그동안 잊어버리고 살았던 아내의 소중함과 존재를 다시 한 번 생각하고, 아내의 숨결이 느껴지는 그것 하나만으로도 오늘 하루를 감사하면서 살아가야 할 이유가 되는 것이다.

백혈병에 걸린 어느 50대 남편이 병상에서 눈물을 흘리며 안타까워하는 장면이 TV 전파를 타고 전해져 왔다. "죽을지도 모른다는 죽음의 경계선에 부딪혔을 때 가장 후회되는 것은 그동안 아내를 홀대하며 살아온 삶이었습니다. 얼마나 어리석고 후회 가득한 시간이었는지요. 아픈 고통 내내, 치료받는 내내 이대로 죽어서는 안 된다는 절박감이 들었습니다. 낫게 해 달라고 하나님께 간절히 기도했습니다. 평생 처음 해보는 기도였습니다. 살려만 주신다면 이제부터 남은 인생은 덤이라 생각하고 아내만을 사랑하며 평생을 섬기면서 살고 싶습니다."

사람은 죽음 앞에 서 보아야 비로소 생명의 고귀함과 가족의 소중함을 알게 된다. 그때 아내의 소중함은 이 세상의 그 어떤 말로도 표현할 수가 없다. 지금 이 순간이, 마음껏 숨을 쉬며 살아간다는 것이 얼마나 감사한 일인지 내 앞에 죽음이 서성거릴 때라야 비로소 깨닫게 되는 것처럼 죽음의 끝자락에 서 보아야 인간은 비로소 겸손해지는 것이다. 할 수만 있다면 우리는 후회하는 삶을 살지 말아야 한다. 지금 당장 내 눈 앞의 작은 반사이익 때문에 아내에 대한 사랑과 감사를 저버린다면 후회하는 날이 반드시 오는 것이다.

살아가면서 때로는 큰 기적을 바랄 때가 있다. 그래서 그 기적만을 기다리다 현재 내가 가지고 있는, 내 주위에 있는 아름답고 신비로운 기적을 보지 못하고 지나쳐 버릴 때가 참 많이 있다. 기적이란 저 멀리 있는 것이 아니다. 지금 내가 살아 숨 쉬고 있는 것이 기적이고 내 아내와 함께 살아가고 있는 이 순간순간들이 다 기적인 것이다. 지금 내가 죽는다면 그 기적은 금방 사라져 버린다. 지금 내가 가진 것과 내 주위의 환경에서 감사하면서 소소하게 살아가는 것, 이것이 기적이라는 것이다. 정말 우리가 행복하고 보람 있는 삶을 살아가기 위해서는 평범한 데서 기적을 보며 감사할 줄 알아야 한다.

아무리 강조해도 지나치지 않다. 아내는 소중하다. 참으로 소중한 존재이다. 이 세상에서 아내보다 더 따뜻하고 소중한 사람은 없어야 한다. 사실은 부모보다, 자식보다 더 따뜻하고 소중한 사람은 바로 내 아내이다. 물론 상대성이기는 하지만 절대로 부모나 자식이 할 수 없는 것을 아내로서 며느리로서 할 수 있는 것은 너무나도 많다. 남편이 쓰러졌을 때 남편의 대소변을 끝까지 받아줄 수 있는 사람은 아내뿐이다. 부모도 할 수는 있지만 사실상 그리 쉽지가 않다. 자식은 더 어렵다. "자식은 못해도 아내는 모든 것을 다 감내한다"는 옛말, 하나도 틀린 말이 아니다.

남편의 자리에 끝까지 남아 채워 줄 수 있는 사람은 그래도 아내입니다.
세상 사람들 모두가 등을 돌렸을 때에도,
내가 가장 낮은 곳에 임할 때에도,
어쩔 수 없이 세상의 끝자락에 서 있을 때에도,
아내라는 따뜻한 힘이 있기에 남편은 또 다시 일어설 수가 있었던 것입니다.

아내는 선물이다

그러므로 아내란 우리 인간의 그 어떤 수식어로도 표현될 수가 없는 존재입니다.

아내는 '내 안에 있는 나'입니다.

존재조차도 몰랐던 또 다른 내가 내 속에 들어온 사람이 바로 내 아내입니다.

그런데 우리는 가끔, 아니 자주 내 안에 있는 아내를 잊어버린 채 살아간다. 때로는 문득문득 잊어버리며 살아왔던 아내라는 따뜻함이 얼마나 소중하고, 함께 호흡하며 지내는 순간순간의 삶이 얼마나 큰 행복이고 아름다운 삶인지 남편들은 자주 놓친다. "아, 이제서야 아내의 사랑이…." 이런 고백을 할 때면 이미 모든 것은 너무 늦고 만다.

그렇다. 아내가 내 옆에 있다는 것은 엄청난 축복이며 더 사랑하고 위로하며 살아가야 할 이유인 것이다. 지금 나는 그런 삶을 살아가고 있는가? 어김없이 해가 뜨고 지는 장면들을 부부가 한 침대에서 날마다 함께 볼 수 있다는 것은 얼마나 소중한 삶인가. 오늘 이 하루 작은 것을 얻든 큰 것을 얻든, 똑같은 만족을 느끼며 비록 소박한 것들이라도 언제나 감사를 발견하며 살아간다면 신(神)이 내게 주신 하루 분량의 즐거움을 마음껏 누리면서 살아가는 것이다. 아내에 대한 감사는 모든 행복의 문을 여는 열쇠와도 같은 것이기 때문이다.

아내에 대한 감사는 환경과 조건에서 나오는 것이 아닙니다.

작은 것이라도 소중히 여기는 마음에서부터 나오는 것입니다.

그래서 감사의 눈으로 아내를 바라보면 행복해지는 것입니다.

내가 아내보다 잘났다고 교만하면 감사가 나오지 않습니다.
자칫 그 교만이 뼈아픈 고난이 되어 돌아오게 됩니다.
아내를 사랑하는 겸손에서 더 큰 감사가 나온다는 사실을 결코 잊어서는 안
됩니다.
언제나 겸손한 마음으로 사랑을 품고 살아간다면,
아내에 대한 모든 원망까지도 감사로 바뀌게 될 것입니다.

그렇습니다.
많은 남편들이 남편으로서 삶의 열정을 잃어버리는 가장 중요한
이유는,
아내에 대한 감사가 식었기 때문입니다.
아내에 대한 고마움의 눈을 뜨고 바라보면 아름답지 않은 것들이
하나도 없습니다.
지금 아내가 가지고 있는 부족한 것들만 보지 마세요.
이제부터 내가 아내를 더 사랑할 수 있는 좋은 장점들만 보세요.
지금 아내에게 없는 것에 대해서만 화내는 나의 모습 때문에,
감사를 잃어버리게 됩니다.

지금,
내가 살아 있음에, 그리고 아내가 내 옆에 있음에 감사할 줄 안다면
지금,
나는 매일 매일 기적의 삶을 살아가고 있는 것입니다.

부부란 그렇습니다.

행복해서 감사하는 것이 아닙니다.

감사하면 행복해지는 것입니다. 이것이 모든 부부들의 삶의 방식이고 원칙입니다.

Part 2

:
:

아내는
내가 지켜야 할 사람이다

5.
아내는 남편 한 사람만 바라보고 시집 왔다

어떤 분이 하도 답답해서 신부님께 물었다.

"신부님, 우리가 왜 남편을 남편이라고 부르는지 아세요?"

"왜 남편이라고 부르는데요?"

"언제나 아내 편은 들어주지 않고 남의 편만 들어 주니 '남편' 이라고 부르는 거예요."

남편 한 사람 보고 시집왔는데 남의 편만 들어주는 남편이라니? 남편은 자기 부모와 아내 사이에서 정말 아내가 크게 잘못하지 않는 이상, 이유 불문하고 아내편이 되어 주어야 한다. 그 이유는 간단하다. 아내 입장에서 믿을 사람은 오로지 남편 한 사람뿐이기 때문이다. 친정 부모를 떠나서 생판 알지도 못하는 시댁 식구들과 기분 맞추어 주며 살아가야 하는 아내의 편은 남편 한 사람밖에 없기 때문이다. 만약 남편이 좀 잘 못했다 치자. 아내가 남의 편만 열심히 들어 준다면 얼마나 얄미울까. 똑같은 이치이다.

아내가 남편과 결혼을 했다는 것은 자기의 인생을 남편에게 의탁한 것이다. 남편을 사랑해서 남편 하나 믿고 시집왔는데 믿었던 남편이 아내 편이 되어주지 않고 여전히 시댁 식구 편만 든다면 아내는 그 어디에도 마음 붙일 데가 없어진다. 그런데 어떤 남편들은 "부모님이 산다면 얼마나 사신다고?"라며 무조건 부모님 편에 서는 사람들이 있다. 부모님 살아갈 날과 아내 편이 되어주는 것이 무슨 관계가 있단 말인가. 논리적으로도 너무 앞뒤가 맞지 않는 말이다. 한 남자가 자신의 아내가 되어 달라고 청혼하고 결혼했을 때 이미 아내는 이 지구상의 모든 여자들 중에서 그 남자에게 선택된 것이다. 동시에 그것은 책임감과 기회를 수반한 것이다. 그러므로 이제 그 아내는 한 가정의 울타리 안에서 없어서는 안 될 필요한 존재로서 남편과 자녀들의 운명까지 손에 쥐게 된 것이다. 그런데 그런 아내의 편이 되어주지 못하고 여전히 시댁 식구들의 편이 되어준다면 그 여자는 파출부로 시집온 수준인 것이다. 결혼은 왜 하는가? 내 편을 만드는 것이다. 내 편을 한 사람 더 만들기 위해 결혼을 하는 것이다. 나는 확실히 그렇게 생각한다. 내가 평생 데리고 함께 살아야 할 사람이니까 말이다.

여자들은, 여자들의 마음은 그렇다. 가정이라는 울타리가 있기에 자신의 일보다는 남편을 더 사랑하고 싶은 게 여자들의 마음이다. 그리고 세상의 또 다른 일보다는 좋은 아내, 좋은 엄마가 되고 싶은 게 모든 여자들의 마음이다. 언제나 남편의 빈자리를 채워주고 싶어 하는 아내의 따뜻한 마음이 신(神)이 만들어 놓은 여자의 속성인 것이다. 그런 아내에게 남편이 편이 되어 주지 못하고 늘 시댁의 편, 남의 편만 되어 준다면 도대체 무엇 때문에

아내는 선물이다

아내를 데리고 왔단 말인가. 밖에 나가서는 "매너남"이라고 큰 소리 치면서 말이다. 아내 입장에서는 "이럴 거면 왜 나랑 결혼했어?"라는 말 외에는 더 이상 할 말이 없는 것이다.

아내를 사랑하고 싶지만 때로는 괜히 미울 때가 있다고 말하는 남편들이 가끔 있다. 물론 그럴 수도 있을 것이다. 살다 보면 그런 일이 왜 없겠는가. 때론 하나부터 열까지 다 미울 때도 있을 것이다. 뭐 그럴 땐 별 뾰쪽한 방법이 없다. 아내의 얼굴을 한번 그윽히 바라보는 것이다. 그러면 나도 모르게 측은지심이 생길 것이다. '내가 아내의 몸을 저렇게 풍성하고 넉넉하게 만들었구나.' '자녀를 낳느라 고생을 참 많이 시켰구나.' 그래도 답이 보이지 않을 땐 조금 먼발치에서 아내의 뒷모습을 바라보라. 왜 내가 아내를 사랑해야 하는지 금방 알게 될 것이다. 누군가의 뒷모습이 보이기 시작하면 사랑이 시작되는 것처럼, 어느 순간 아내의 뒷모습이 보이기 시작하는 순간 아내에 대한 연민과 사랑이 다시 시작되는 것이다. 나 하나만 믿고 시집와서 열심히 가정을 지켜 나가고 있는 아내의 뒷모습에서, 순간 측은하고 안쓰럽고 고마운 마음이 솟구칠 것이다. 늘 내 옆에서 바지락 바지락 움직이며 남편 주위를 서성거리고 있는 아내의 모습 속에서 그래도 고마움의 눈물을 훔치지 않을 남편이 얼마나 되겠는가.

나는 그렇다. 아내가 늘 내 옆에 존재하고 있음에 무한한 행복을 느끼며 매일매일 감사하며 살아간다. "앉으나 서나 당신 생각", 그 정도까지는 아니지만 나는 날마다 아내가 보고 싶고, 날마다 아내의 이름을 부르고 싶다. 늘 함께 있어도 더 함께 있고 싶은, 평생을 사랑하고 싶은 아내이다. 때론 가만히 아내의 모습을 바라보고 있으면 잔잔한 행복감이 밀려온다. 아내가 있어 이 세상이 행복하고 때론 가슴이 벅찰 때도 있다. 언제나 마주볼 수 있는 그런 아내가 내 옆에 있기에 지금 나는 행복한 것이다. 나는 아내를 사랑하면 그 사랑이 나에게 돌아온다는 믿음을 가지고 있다. 나를 통해 아내가 행복하면 그 행복이 반드시 나에게도 돌아온다는 믿음 말이다. 아내가 행복하면 무조건 가정이 행복해진다는 진리를 모든 남편들이 확실하게 믿으며 살아갔으면 좋겠다. 세월이 흘러서야 비로소 깨닫는 인생의 이치처럼 말이다.

수 년 전 수술을 한 적이 있었다. 수술하러 들어가는 날 아내는 이동침대를 따라오며 힘과 용기를 실어 주었다. 아내는 나의 양쪽 뺨을 자신의 두 손바닥으로 어루만지며 계속해서 나의 눈을 맞추며 걸어갔다. "수술 잘 하고 올게"라는 말을 하고 수술실로 들어갔지만 아내의 두 눈을 바라보며 그 허전했던 마음은 어떻게 표현할 수가 없었다. 천장이 바뀌면서 수술실 문이 닫히는 순간 나는 이 세상 천지에 홀로 남아 있는 것 같았다. 1분도 안 되어서 나는 뼈저리게 깨달았다. "아내와의 행복은 함께 하는 것이구나."

그렇다. 항상 그 자리, 내 옆에 있었기에 익숙하게만 느껴져 왔던 아내로 생각해서는 안 된다. 이 세상의 모든 것은 존귀하다. 단지 관심을 안 두었기 때문에 그렇지 관심을 두면 존귀하게 생각된다. 이 세상에 단 하나뿐인 내 아내에게 관심을 가지면 내가 아내를 존귀하게 만들 것이다. 결혼은 감정으로만 살아가는 것이 아니다. 헌신으로 살아가는 것이다.

좀 부끄러운 이야기일 수도 있지만 나는 매일 저녁마다 아내의 발을 씻겨준 적이 있었다. 무려 7년 동안이나 그랬다. 아내가 아파서가 아니라 일하고 돌아오면 피곤했기 때문이다. 아내이지만 정말 섬긴다는 마음으로 씻어 주었다. 그때마다 아내가 얼마나 좋아했는지 모른다. 나도 아내의 그 함박웃음을 바라보며 비록 작은 일이지만 덩달아 삶의 보람을 느꼈다. 아내를 섬긴다는 것은 나를 낮추는 것이다. 나를 낮추면 부딪히는 법이 없다. 그렇다. 섬긴다는 것은 논리가 아니다. 희생이다. 아무런 대가를 바라지 않겠다는 것이다. "남에게 대접을 받고자 하는 대로 너희도 남을 대접하라." 섬김의 가장 기본 진리이다.

오랜 세월 동안 남존여비 사상에 젖어 있던 대한민국의 남자들이 하루아침에 아내를 섬기며 따뜻하게 잘해 준다는 일은 쉽지 않을 것이다. 하지만 시대는 이미 여성평등 사회로 돌아섰다는 사실도 이제는 좀 기억하면서 살아가는 현명한 남편들이 되었으면 좋겠다. 내 인생의 가치만을 얻기 위해서 살아가는 것이 위대한 사람은 아니다. 아내를 섬기며 살아가는 사람이 훨씬 더 위대한 사람이다. 섬김은 상대방을 빛나게 해주는 또 하나의 위대한 사랑이기 때문에 그렇다. 자신의 아내 한 사람도 제대로 섬기지 못하면서 세상을 위해 위대한 일을 하겠다고 큰 소리 치는 남자들, 어떻게 잘 설명해 주어야 할지 모르겠다. 굳이 설명하라면 참으로 부끄러운 일이다. 부부가 함께 살아가면서 섬기는 것은 선택의 조건이 아니다. 선택의 아름다운 결과인 것이다. 그런 의미에서 아름다운 부부관계는 희생적인 의미뿐이다. 더 많이 사랑하는 것이고, 더 많이 주는 것이다. 그리고 더 많이 섬기는 것이다. 다른 것들은 다 사소한 것들이다. 섬김을 이겨 낼 수 있는 것은 이 세상 그 어디에도 없다. 결혼 생활이란 분석하고 이해해서 되는 것이 아니다. 섬김으로 살아가는 것이 바로 성공적인 결혼 생활의 전부다.

사람이란, 진심으로 다가가면 상대방이 알게 되어 있다. 특히 부부의 관계에선 아무리 가식적으로 다가간다 할지라도 파장이라는 것이 있다. 그 파장을 속일 수는 없다. 그러므로 좋은 부부관계란 선함과 진리를 추구하며 서로의 마음을 아름답게 나누어 줄 수 있는 삶의 동반자가 되는 것이다. 그 사람을 향해 진심어린 손을 내밀고 그 사람을 향하여 내가 먼저 달려갈 때 분명 상대방은 그동안 느껴보지 못했던 따뜻함을 느끼게 되는 것이다. 더 사랑하고 나누고 섬기면 따뜻해진다. 모든 것이 따뜻한 가정으로 변화되어 버린다. 그 따뜻한 관계 속에서 부부는 행복해지는 것이다.

뻔한 이야기 같지만 아내는 내가 데리고 온 여자다. 남편 한 사람만 보고 나에게 시집온 세상에서 가장 고마운 사람이다. 거기에 더 이상 변명을 해서는 안 된다. 아내를 사랑하면 지금 이

아내는 선물이다

순간 모든 것들이 행복해질 것이라는 믿음으로 살아가야 한다. 그동안 사랑하지 않았기 때문에 불행했던 것이다. 그러므로 아내에게 사랑한다는 말과 표현을 많이 해야 한다. 나중에가 아니라 지금이다. '나중'이라는 기회는 내일 당장 없어져 버릴 수도 있는 것이다. 아내에 대한 사랑은 마음속에만 담아두는 것이 아니다. 지금 바로 행동으로 보여 주는 것이 아내에 대한 사랑이다. 우리 인생은 한번뿐이다. 다시금 과거로 되돌아 갈 수 없는 화살 같은 인생이다. 지금 이 순간순간이 소중한 삶이다. 그 소중한 순간순간도 바로 지금이다. 지금 아내에게 사랑한다고 말하고 표현을 많이 해 주어야 한다. 특히 여자들은 그렇다. 나중이 아니라 지금 당장 사랑받기 원하는 존재이다.

미국 역사상 여성으로서는 처음으로 연방대법관에 임명된 샌드라 오코너. 그녀는 매년 각종 언론과 단체로부터 미국에서 가장 영향력 있는 여성으로 꼽혀온 여성계와 법조계의 거물이다. 그런 그녀가 어느 날 치매에 걸린 남편을 돌보기 위해 사법부 최고위직 자리를 던졌던 것이다. 자신은 유방암으로 투병하면서도 법정을 지켰던 강한 정신력의 소유자이기도 하다. 그러나 남편 존 오코너의 치매 증세가 심해지자 그녀는 종신직인 대법관 자리에서 물러나기로 결심한다. 한 편의 드라마를 보는 슬픈 순애보이다. 스탠퍼드대 로스쿨에서 만난 남편은 워싱턴 등지의 로펌에서 근무한 유능한 변호사였다. 하지만 병세가 악화되면서 하루 종일 아내의 사무실에 나와 있는 등 아내에 대한 의존도가 높아졌던 것이다. 오코너 전 대법관은 당시 "이제는 남편과 좀 더 많은 시간을 보낼 때"라고 퇴임 이유를 밝혔다. 물론 언론과의 인터뷰에서는 미소를 보였지만 뒤돌아서서는 "산 정상에서 내려오는 것 같은 아쉬움에 눈물이 난다"고 고백하기도 했다. 그리고 인터뷰 후 그녀는 펑펑 울었다. 그녀가 그 명예로운 종신직 대법관의 자리를 내려놓았던 이유는 단 하나, 부부가 더 많은 시간을 함께 보내기 위해서였다. 모든 부부들이 좀 이렇게 살아갔으면 좋겠다.

나는 아내와 함께 집에 있을 때에는 나 혼자만의 시간을 절대로 가지지 않는다. 가능한 책도 잃지 않는다. 물론 글도 쓰지 않는다. 심지어 밖에 나가는 약속도 잘 잡지 않는다. 가능한 아내와 같이 있으면서 함께 지내려고 한다. 누가 뭐래도 인생 최고의 닭살 부부다. 아내가 요리를 하면 양파도 다듬어 주고 파도 썰어주면서 마늘 까는 것까지 하청을 받으며 아내의 보조역할을 다 해준다. 맛있는 음식도 같이 해먹고 와인도 한 잔 하면서 깊고 따뜻한 대화를 많이 나눈다. 그렇게 하는 이유는 오직 하나, 아내와 함께 하는 시간들이 점점 줄어가고 있기 때문이다. 그렇다. 우리 모두는 매일 조금씩 이별을 하면서 살아가고 있다. 좀 더 실감나게 표현하자면 점점 산화되어 가고 있는 것이다. 인생을 공유하면서 함께 살아왔던 아내를 앞으로 영영 볼 수 없다고 생각하면 얼마나 속상한 일인가. 둘 중에 한 사람이 먼저 떠나 버린다고 생각하면 얼마나 서럽고 안타까운 일인가. 함께 있을 때 더 함께하는 방법밖에 없다.

아내는 선물이다

"있을 때 잘해"라는 노래를 들으면서 아직도 그게 뭔 말인지 잘 모르는 사람은 정말 머리가 나쁜 사람이다. 나는 그렇게 생각한다. 부부는 살아가는 동안만큼은 서로의 마음에 취해야 한다. 서로의 시선 안에 시선을 담으며 살아가야 한다는 말이다. 시간은 사계절처럼 순환하지 않는다. 한번 지나간 시간은 영원히 돌이킬 수 없다. 내 머릿속에 아내의 형상이 없으면 이미 남남이다. 더 많은 시간과 공간의 무대를 넓혀야 한다. 하루만 아내를 보지 못해도 아내가 보고 싶다고 자연스럽게 말할 수 있는 그런 남편, 모든 부부들이 좀 그렇게 살아갔으면 좋겠다. 같이 있다는 것 하나만으로도 멋진 사랑이 되었으면 한다. "아내는 남편 한 사람만 보고 시집 왔다." 여기에 무슨 할 말이 더 있겠는가.

6.
아내와의 다른 점을 인정해 주어라

　세계적인 명성을 가진 작가 존 그레이John Gray 박사가 『화성에서 온 남자 금성에서 온 여자』라는 책을 썼다. 무려 2만 5000쌍의 부부를 상담하면서 남녀의 어마어마한 차이를 서로 인정하고 이해하고 존중하는 데서부터 행복은 시작된다는 내용이다. 아주 단순하면서도 명쾌한 비유를 바탕으로 쓴 책이다. 무려 1200만 부가 팔렸다.

　결혼하기 전 수 십년 이상을 다른 환경과 각자의 방식으로 살아온 부부 사이에 성격 차이가 없다면 거짓말이다. 부부가 결혼하게 되면 제일 먼저 '황홀의 단계'가 찾아온다고 한다. 그 황홀의 첫 단계가 지나가고 나면 대부분의 부부들은 결혼 후 서로에게 "너무 모르고 결혼했다"라고 생각하며 다소 실망을 느끼는 일종의 '실망의 단계'부터 다시 시작하게 된다고 한다. 하지만 서로의 차이를 인정하고 이 단계를 잘 극복해 나가는 게 행복한 부부 관계를 회복하는 첫걸음이 되는 것이다. 남편과 아내는 이미 수십 년 동안 서

아내는 선물이다

로 다른 환경 속에서 살아왔다. 자연히 생각하고 분석하고 행동하는 모든 것이 지극히 다르게 나타날 수밖에 없다. 지구상의 75억 인구 중에 남녀 두 사람이 부부로 만났는데 어떻게 코드가 맞을 수 있겠는가.

그렇다. 부부가 코드가 맞지 않아서 결혼생활의 낭패를 보는 사람들이 많이 있다. 클래식을 좋아하는 아내가 트로트를 좋아하는 남편을 무식하다고 말하면 부부 생활은 깨어지게 마련이다. 두 사람이 다르다는 것은 원래 두 사람이 자라난 환경과 생활 태도 그리고 인격과 가치관의 차이와 같은 근본적인 원인에서 이미 생겨난 것이다.

와인을 좋아 하는 아내와 막걸리를 좋아하는 남편,
완벽하고 고상한 것을 좋아하는 아내와 털털한 성격에 티셔츠를 즐겨 입는 남편,
우아한 프랑스 음식이나 스시를 좋아하는 아내와 된장 뚝배기와 감자탕을 좋아하는 남편,
고전음악과 예술을 즐기면서 이지적이고 여성스러운 말을 쓰는 아내와 예술이 뭔지 침을 튀기면서 무식하게 말하는 남편,
진중한 생각 후에 결정하는 아내와 무조건 일을 저질러 놓고 보는 남편.

남편은 아내의 이지적이고 여성스런 모습에 끌렸고 아내는 남편의 털털함과 남자다움에 반해서 서로를 이상적인 배우자로 확

신하고 결혼했지만 결혼 후의 현실은 이상과는 달라도 너무 달랐다. 그러면서 부부는 서로의 상이한 성격 때문에 도저히 같이 못 살겠다고 하소연을 털어놓기 시작한다. 결국엔 이러한 것들을 가지고 성격 차이라 생각하며 싸우는 것이다. 자꾸만 틀렸다는 전제 속에서 상대방을 교정하려 달려든다. 그때부터 갈등은 시작된다. 마지막엔 이혼도 불사한다. 미국의 부부심리학 권위자인 도브슨 박사는 위기에 처한 부부들을 향해 "부부간의 사랑은 자기 의인화의 함정에서 벗어나야 한다. '내가 옳다'라는 생각을 버릴 때 비로소 행복한 부부가 될 수 있는 것이다"라고 갈파했다.

사실 결혼 후 서로 맞춰가야 할 현실과 이상, 삶의 방식은 얼마든지 다를 수밖에 없다. 수십여 년 동안 다른 환경 속에서 살아온 사람들이다. 똑같다면 오히려 그게 비정상이다. 그러나 실상 성격 차이는 겉으로 드러나는 자신의 주장일 뿐, 실제 문제는 그들의 마음속에 품고 있는 이기심 때문에 나오는 것이다. 상대방의 다른 성격은 인정하지 않으면서 나의 성격에 맞추어 달라는 그런 이기심 말이다. 부부는 그런 것이 아니다. 서로의 차이점을 인정하고 나보다는 먼저 상대방의 유익을 생각해 주는 것이다. 즉, 있는 그대로를 사랑하며 서로의 차이를 다듬어 나가는 것이다. 차이에 대해서 무조건 나쁘다고 생각해서는 안 되며 그것까지도 잘 껴안아 주어야 한다는 것이다. 그러므로 남편은 제일 먼저 내 아내의 성격유형을 빨리 파악하고 그것에 맞추어 주려고 노력해 나가는 자세가 아주 중요하다. 절대로 아내의 성격유형을 무조건 바꾸려고 해서는 안 된다. 바꾸려고 하면 바꾸려는 사

아내는 선물이다

람만 고생할 뿐 종국엔 싸움으로 번지게 되기 때문이다. 모든 갈등의 씨앗은 여기서 출발한다. 그러므로 성격이란 본인의 노력에 따라 성격유형이 조금씩 개발될 수는 있지만 타인이 바꿀 수 있는 것이 아니다. 설사 바뀐다 하더라도 절대로 나와 똑같아질 수는 없는 것이다. 부부는 지식으로 살아가는 것이 아니다. 지혜로 헤쳐 나가는 것이다.

그런 의미에서 성격의 유형은 어떤 것이 좋고 나쁜 것이 아니다. 어떤 것이 맞고 틀린 것도 아니다. 그냥 다를 뿐이다. 그러므로 정말 중요한 것은 배우자의 성격유형에 따라 조금씩 맞추어 나가는 것이 최선의 방법이다. 극복만이 능사가 아니라 인정해야 할 문제임을 인식하는 것이다. 이혼하는 부부들이 흔히 말하는 이혼 사유를 성격차이라고 말한다. 나와는 성격이 맞지 않다는 것이다. 그런데 문제는 결혼 전 데이트를 할 때까지만 해도 완벽하리만큼 서로의 성격이 아주 잘 맞았다는 것이다. 심지어는 "하늘이 맺어준 인연"이라고까지 말한다. 그런데 왜 결혼한 이후에는 맞지 않는다는 것일까. 안 맞는 것이 아니다. 성공적이고 행복한 결혼 생활에 대해 잘못 생각하고 있기 때문이다. 한마디로 말하면 성격이 안 맞는 것이 아니라 생각을 바꾸지 않았기 때문이다. 생각을 전환해서 아내에게 잘 맞는 사람으로 대우해 주면 결국 나와 가장 잘 맞는 사람이 되는 것이다. 역으로 생각해보면 아무리 나와 잘 맞는 사람과 결혼을 해도 내가 제대로 대우를 해주지 않으면 불행해지는 것이다. 결혼은 자신과 잘 맞는 사람을 찾는 것보다 상대에게 어떻게 맞추느냐가 중요한 것이다. 행복하게 사는 것과 불행하게 사는 것은 전적으로 자신에게 달려 있는 것이다. 아내의 타고난 차이에 문제가 있다고 생각하기 이전에 먼저 자신의 접근 방식이 잘못되지는 않았는지 생각해볼 필요가 있다는 것이다. 인간은 이성적 존재라며 무조건 자기 의견이 이성적으로 맞다고 고집 피우는 사람보다는 감성의 존재로도 유추할 수 있는 사람이 되어야 하는 것이다.

플로리다대학의 벤자민 카너 교수와 오하이오주립대학의 심리학과 제임스 맥널티 교수가 공동으로 발행한 연구 결과를 보면, "결혼에 대해 기대치가 최고로 높은 사람들일수록 행복의 곡선은 가파른 하강 곡선을 그리는 것으로 나타났으며, 부부 모두가 의사소통과 관계를 맺는 확실한 기술을 지니고 있지 않다면 결혼으로 행복을 얻을 것이라는 희망은 결국 실망으로 끝나버리게 될 것이다"라고 했다. 한 마디로 배우자가 완벽할 거라는 생각을 버리라는 것이다. 때와 상황에 따라서는 어쩔 수 없이 서로의 허물조차도 사랑할 수 있다는 그런 마음을 가져야 한다. 이 세상에 완벽한 인간은 없다. 결혼이란 불완전한 두 사람이 함께 살아가면서 완전을 향해 일보씩 전진해 나가는 과정일 뿐이다. 배우자의 불완전한 점만 보고 자기 스스로의 불완전을 인식하지 못한다면 결국 결혼 생활은 가시밭길이 될 수밖에 없는 것이다.

결혼 초기에는 밥 먹고, 화장실 가고, 여러 가지 생리현상조차 신경이 쓰일 정도로 서로가 조심스러워한다. 하물며 서로가 수십 년간 다르게 살아왔던 환경과 가풍과 문화에서 오는 충돌과 생활습관의 차이에서 오는 갈등과 서로가 추구하는 이기심은 실망을 넘어 충격과 상처로 다가오기도 한다. 물론 연애할 때는 콩깍지가 씌어 서로의 다른 성향에 대해 불편함이나 갈등을 외면한다. 그러나 신혼의 시간이 지나고 현실로 접어들게 되면 '정말 이 사람이 예전에 연애했던 그 사람이 맞는 것인가?'라는 심각한 회의에 빠져들기도 한다. 이럴 때 내가 할 수 있는 유일한 방법이 바로 상대가 나와 다르다는 것을 빨리 인정하는 것이다. 차이를 가지고 다툼이 일어나면 감정의 골만 깊어지기 때문이다. 아내의 다른 점과 결점을 보완해 주면서 그 일에 신의를 지켜 나가야 하는 것이 무엇보다도 중요하다는 것이다. 민주주의가 나와 남이 다르다는 것을 인정하는 데서부터 출발하는 것처럼 서로 다른 환경에서 생활해 온 사람에게 나와 똑같이 생각하고 행동하기를 바라는 것은 어쩌면 극단적 이기주의가 될 수 있다. 하물며 쌍둥이도 서로의 생각이 다르다. 아내와의 차이를 빨리 인정하고, 아내에 대해 더 많이 알려고 노력하는 방법과 그 차이를 수용하는 방법이 행복한 결혼생활의 첩경인 것이다.

특히 결혼한 지 오래 된 많은 남편들도 의외로 아내에 대해 구석구석 잘 모르는 경우가 참 많이 있다. 지금 당장 아내에 대해 얼마나 아는지 물어보면 별로 아는 게 없다. 심지어 아내가 가장 좋아하는 색깔이 무엇인지조차 모르는 남편들이 있다. 그렇게 몰라서 주는 상처도 참 많이 생긴다. 말하는 방법이나 아내에게 다가가는 방법, 때로는 화내는 방법까지도 어릴 때부터 봐왔던 부모에게서 배운 방식 그대로를, 그리고 자신에게 좀 더 편하고 익숙한 방식을 사용한다. 내 아내에게 맞는 방법은 잘 모르고 있는 것이다. 많은 남편들이 범하는 실수 중 하나가 아내와의 다른 점을 내 방식대로 해결해 버리려고 하는 것이다. 내 방식대로 해결하는 것이 아니다. 어떻게 해석하느냐이다. 아내의 입장을 어떻게 해석하느냐에 따라 나의 생각과 마음가짐이 달라지는 것이다. 부부의 관계는 분명하다. 서로의 차이를 이해하고 받아들이며 사랑에 도달할 수 있도록 격려해 줌으로써 서로가 조금씩 성장하게 되는 것이다.

우리가 가지고 있는 환경과 상황은 크게 변하지 않는다. 하지만 우리의 생각과 마음은 얼마든지 바꿀 수 있다. 과거는 바꿀 수 없지만 미래는 통째로 바꿀 수 있다는 것이다. 생판 모르던 두 사람이 함께 세월을 보내며 세상에서 가장 소중하고 귀한 인연이 된 부부에게 생각을 조금만 바꾸면 행복은 찾아오는 것이다. 그러기 위해서는 자신의 생각과 마음을 다스릴 줄 알아야 한다. 결혼이라는 것이 그렇다. 사랑해서 하는 것도 있지만 평생 사랑하기로 결단을 해서 하는 것이기도 하다. 그렇게 내린 결단과 선택이 맥없이 무너져서는 안 되는 것이다. 부부 모두가 행복해질 수 있도록 서로에 대한 이해의 폭을 넓히려는 노력을 꾸준히 해야 하는 것이다. 모든 남편들이 되새겨 들어야 하는 것이 하나 있다. 연애는 좋은 일을 함께 하는 것이지만 결혼은 힘든 일을 함께 나누는 것이다. 지속적인 부부간의 사랑은 가르침의 완성이기 때문이다. 어두움 없이 한 줄기의 빛도 존재할 수 없듯이 나와 아내와의 다름을 알고 인정해 주는 것이 행복한 부부의 지름길이 되는 것이다. 부부란 그렇다. 다른 듯 닮아가는 묘한 사랑의 공동체이다.

7.
힘들고 어려울 때
더 사랑하라

어렵고 힘들 때 끝까지 옆에 남아 있는 친구가 진짜 친구라는 말이 있다. 우리가 인간관계를 가지면서 그 사람의 품성을 알려면 정말 어려울 때 그 사람이 어떻게 하느냐에 따라 그 사람의 인간성을 알 수가 있다. 이것은 우리 인간이 가지고 있는 보편적이고 당연한 정서이다. 부부가 함께 어려운 일을 당할 때도 있지만 아내 혼자서 어려운 일을 만날 때도 많이 있다. 끊임없이 겪게 되는 크고 작은 아픔들을 겪는 것이 우리 모두의 인생이기도 하지만, 때로는 아내는 경제적인 문제로, 자식들 문제로, 가끔은 병 때문에 힘들어하고, 인생의 무게 때문에 삶이 지치고 힘들어한다. 심지어는 문득 죽고 싶다는 극단적인 생각을 하기도 한다. 이럴 때 남편이 아내를 붙잡아 주지 못하면 아내는 결국 쓰러질 수밖에 없다. 정말 힘들 때는 자식도 부모도 그 아픔을 이해하지 못한다. 그때는 남편만이 가장 큰 힘이 되는 것이다. 이처럼 어렵고 힘들 때 아내를 소중하게 여길 수 있는 남편이 최고의 남편인 것이다.

한국인 40-50대 남녀를 대상으로 설문조사를 한 내용을 본 적이 있다. 실소를 금치 못했다.

 "만약 당신이 로또에 당첨이 된다면 제일 먼저 바꾸고 싶은 것은 무엇인가?"

 이 설문조사에 응답한 남성들의 75%가 아내라고 답했다고 한다. 정말 곡할 노릇이다. 그냥 웃고 넘기기에는 너무나도 마음 아픈 이야기다. 있는 것 그대로를 사랑하는 것이 사랑이지, 없는 것 없다고 사랑하지 않겠다면 그건 사랑이 아니지 않나. 어려울 때 일수록 부부가 힘을 모아도 시원찮을 판국에 겨우 로또 하나에 아내를 바꾸겠다니? 울화통이 터질 일이다.

 경기도 여성능력개발센터에서 조사한 내용이다. 맞벌이 부부의 4명 중 3명(74%)은 아내가 가사와 육아를 70% 이상 전담하고 있다는 조사결과가 나왔다. 특히 70% 이상 전담하고 있다고 응답한 사람 중 33.4%는 아내가 가사와 육아를 100% 전담하고 있다고 응답해 상당수의 여성들이 슈퍼우먼의 삶을 살고 있으며, 사회진출 여성들의 피곤한 삶을 보여주는 현실이라고 설명했다. 전업주부든, 직장생활을 하는 주부든 육아와 집안의 모든 살림살이를 도맡아 이끌어 나가야 하는 아내의 입장에서는 큰 스트레스를 받으며 살아갈 수밖에 없는 것이 작금의 현실이다. 끝도 없이 반복되는 육아와 가사 일들이 얼마나 힘든 것인지, 그것이 꼭 노동이라기보다도 엄마와 아내로서 책임감 속에서 하루하루를 계속 스트레스 받으며 살아가는 것은 분명한 이 땅 여성들의 현주소이다. 아내가 살림을 맡아 하는 것 자체만으로도 아내를 존중할 수 있어야 한다. 그 희생에 감사할 줄 알아야 한다.

아내는 선물이다

너무 힘들어하던 아내가 어느 날 참다 못해 남편에게 죽고 싶을 만큼 힘들다고 울분을 터뜨린다. 그런데 남편은 왜 그러는지 모른다. 위로를 해주기는커녕 오히려 핀잔을 주며 화를 낸다. 지금 아내는 힘들어 죽겠다는데 대체 뭐가 그렇게 힘드냐며 되레 더 큰 상처를 입힌다. "집에서 살림만 하는 주제에 호강에 받혀 요강에 빠지는 소리만 하는구나." 정말 그런 식으로 말하는 남편들도 있다. 심지어 "그렇게 힘들면 그냥 죽든가"라고 말하는 아주 못된 남편들도 있다. 그렇게 밀어붙이기만 하면 언젠가는 아내가 변할 거라고 생각한다. 그렇다면 왜 결혼했는가. 힘들 때 서로 위로가 되어주라고 부부의 연을 맺은 게 아닌가. 그렇게 힘들어 할 때 서로의 손을 잡아주기 위해 부부가 존재하는 것 아닌가. 아무리 오래 살아도 100년을 살기에는 어려운 게 우리의 인생이다. 그런데 아내는 천년어치의 근심을 품고 살아간다. 남편보다 힘든 일이 더 많다. 물론 남편들도 직장에서 사회에서 힘들어한다. 하지만 여기서는 아내에 대한 이야기만 하자. 먼저 아내에게 잘 하면 남편이 힘들어할 때 똑같은 방식으로 아내의 사랑이 돌아오기 때문이다. 부부간 노력도 필요하겠지만 남편이 먼저 힘들어하는 아내를 이해하고 행동으로 보여줌으로써 아내가 마음의 문을 열고 다가올 수 있도록 해야 한다는 것이다. 어느 날, 아내의 모습인 줄 알았는데 할머니 한 사람이 앉아 있는 것을 보고 싶지 않다면 말이다. 남편이라는 무게 때문에 아내가 괴물이 될 수도 있는 것이다. 아내가 남편의 사랑을 받지 못해서 불행하다면 남편도 불행해지는 것이다. 아내를 사랑하지 못해서 남편 스스로도 불행한 삶을 살아가야 할 이유는 정말 없는 것이다.

대한민국의 모든 남편들은 거센 물살에 부딪히며 살아가는 아내의 뒷모습에서 슬픈 현실을 바라볼 때가 있었을 것이다. 하지만 그 어려움과 고통 속에서도 거친 물살을 거슬러 상류로 올라가는 숭고한 연어의 몸짓처럼, 끝까지 자신의 가정을 지켜 나가기 위해 몸부림쳤던 아내가 있었기에 남편도 새로운 힘을 얻어 도약할 수 있었으며, 그런 사랑하는 아내가 언제나 내 옆에 있었기에 다시 일어설 수 있었던 것 또한 부정할 수가 없을 것이다. 끝까지 가정을 지키기 위해 묵묵히 그리고 열심히 가정의 울타리를 만들어가는 아내를 생각하면 우리 남편들은 무한한 감사를 느껴야 할 것이다. 그런 아내를 위해 이제는 남편인 내가 힘이 되어 주어야 한다. 아무리 거센 폭풍우 같은 시련이 있다 할지라도 눈부신 날도 온다는 믿음을 심어주면서 살아가야 한다. 신(神)이 여자에게 준 가장 큰 욕구는 남자에게 사랑받고자 하는 것이다. 무조건 아내는 남편으로부터 사랑받을 때 최고의 행복을 느낀다. 아내의 이야기를 들어주고, 공감해주고, 위로와 격려를 아끼지 않는 보상성이 나타날 때 아내 또한 남편을 더 사랑하고, 믿어 주게 되는 상보성이 나타나는 것이다. 그럴 때 부부간에 없어서는 안 될 보완적인 관계가 끊임없이 형성되는 것이다. 그런데 아내가 힘들어하고 어려울 때에도 사랑을 느낄 수 있도록 노력하는 남편의 자세가 없다면 아내의 입장에서는 그 어디에서도 행복을 찾을 수가 없는, 세상에서 가장 불행한 여인이 되어 버리고 마는 것이다.

아내로서 엄마로서 끝도 없는 육아와 가사 일을 하며 힘들게 살아가는 아내라면 그 누구도 예외 없이 아픔의 눈물을 흘리고

아내는 선물이다

있는 것이다. 어쩌면 웃음보다 흘린 눈물이 더 많은 게 아내의 인생일 수 있는 것이다. 그 눈물을 닦아주는 사람은 다른 누구도 아닌 남편이어야 한다. 그 눈물을 멈추게 해주는 것도 역시 남편이다. 손잡아 줄 남편이 있어야 아내는 다시 일어설 수 있다. 아내는 남편이라는 따뜻한 존재가 있을 때 슬픔과 고통, 아픔을 그나마 이겨낼 수 있는 것이다. 때로는 외롭고 고독한 길을 걸어갈 수 있는 것도 누구보다 아내의 마음을 독려해 주는 남편이 있기에 가능한 것이다. 오직 남편 한 사람 때문에 웃을 수 있는 날들이 오는 것이다.

자녀는 아내를 통해서만 얻을 수가 있다. 자녀를 낳는 능력이 남자에게는 없기 때문이다. 신(神)은 생명을 잉태하고 낳는 능력을 아내에게만 주었다. 이것을 달리 말하면 신(神)이 남자에게 가장 먼저 주신 것은 자녀가 아니라 아내라는 것이다. 남편에게 자녀를 주기 이전에 아내를 먼저 주었던 것이다. 이 얼마나 소중한 아내인가? 이런 귀한 아내를 사랑해야 하는 것은 당연한 것이며, 아내가 힘들어하고 어려울 때 더 사랑할 줄 아는 사람이 진정한 사랑이 무엇인지 아는 사람인 것이다. 그리고 그렇게 살아가는 것이 가정의 순리이고 원리이다. 그렇다. 정말 그렇다. 아내를 사랑하는 것이 가정의 시작이고, 남편 자신의 모든 것이다. 다시 한 번 더 강조하고 싶은 것은 남편들이 결혼해서 생의 꿈을 꾸며 살아야 하는 이유는 바로 사랑하는 아내가 있기 때문이다.

때로는 문득문득 잊어버리며 살아왔던 아내라는 따뜻함이 얼마나 소중하고, 함께 호흡하며 지내는 순간순간의 삶이 얼마나 큰 행복이고 아름다운 삶인지, 결코 남편들은 잊어서는 안 된다. 아내가 내 옆에 있다는 것은 축복이다. 아내가 힘들어하고 어려울 때 더 사랑하고 위로하며 살아가야 할 이유인 것이다.

부부가 고통스러운 순간에도 결코 좌절하지 않는 것은
고통이라는 깊이가 있기 때문입니다.
즐거움은 순간이 지나면 금세 잊혀지지만
고통은 그로 인해 깨닫게 되기 때문입니다.
인생의 깊이를 가장 잘 깨달을 때가 바로 부부가 함께 그 역경을 이겨낼 때입니다.

부부가 힘들고 어려운 시간들을 보내면서,
비로소 부부의 소중함을 알게 됩니다.
마음이 아플 때마다 내면속의 충만을 경험하게 됩니다.
때로는 아픈 것이 부부에겐 축복이 되는 것입니다.

함께 살아가면서
일이 뜻대로 되지 않아 너무 큰 고뇌에 빠질 때도 있습니다.
하지만 너무 많이 생각하고, 계획하고, 고민하고,
끙끙 앓으면서 살아갈 필요가 없습니다.
잠 못 이룰 이유도 없습니다.
어차피 인생이란 내 계획대로 다 펼쳐지는 것이 아닙니다.
하지만 서로의 마음을 조금만 바꾸어도
세상이 바뀌어지는 이치를 알게 됩니다.

중요한 것은 부부간의 삶, 너무 힘들게 살지 말라는 것입니다.

그래도 힘들 땐,
그땐, 병원으로 달려가 보십시오.
내가 버리려고 했던 목숨을,
그들은 처절하게 지키려고 발버둥치고 있습니다.
인간 존재의 나약함과,
마지막 통로를 보게 될 것입니다.
사람은 죽을 고비를 넘겨보아야,
생명의 소중함을 알게 됩니다.
그들의 소원은 단 한 가지입니다.
건강을 회복하여 가족들과 함께 시간을 보내는 일입니다.
특히 부부의 소중함이 얼마나 귀한지를 알게 됩니다.

인생을 힘들다고만,
죽고 싶다고만 생각지 마세요.
물론 오늘밤 잠자리에 들면서 "영원히 안 일어났으면 좋겠다"라는
생각이 들 때도 있겠지요.
그래도 견딤의 시간들을 갈망하십시오.
고통은 얼음과도 같은 것입니다.
그 얼음이 때로는 나를 고통스럽게 합니다.
나의 정신을 혼미하게 만들기도 합니다.
하지만 조금만 시간이 지나고 나면 그 얼음은 다 녹아버립니다.

그래도 죽고 싶은 마음이 들 땐,
나보다 더 힘든 사람들을 바라보십시오.
사람은 행복하려고 태어났습니다.
자살은 불행의 끝이 아닙니다.
행복을 끝내버린 불행의 시작입니다.

아무리 죽을 것같이 힘들어도,
생의 의지를 갖고 아픔을 견디다 보면,
생명을 향해 솟구치는,
희망의 시간은 반드시 오게 되어 있습니다.
사랑하는 아내와 함께 할 수 있기 때문입니다.
고통을 이겨 낼 수 있는 유일한 무기는 희망밖에 없습니다.

"왜 하필이면 우리에게 이런 어렵고 힘든 일이?"
이런 질문도 필요가 없습니다.
부부가 함께 순응하면서 살면
괴롭고 고통스러운 질문을 스스로에게 던질 필요가 없는 것입니다.

그래도 너무 많이 힘들 땐,
참지 말고 그냥 목 놓아 펑펑 우세요.
한참을 울다 보면 깨닫는 게 하나 있을 것입니다.
"잠깐 스쳐가는 것이 인생"이라는 것을 말입니다.
그때 문득 생각나는 것이 또 하나 있을 것입니다.
그래도 내 옆에 아내가, 남편이 있다는 것입니다.

아내는 선물이다

때로는 인생이 힘들기에,

삶을 실감할 수도 있는 것입니다.

삶을 실감할 수 있다는 것이 얼마나 감사한 일인가요?

아직도 내가 살아 있다는 것입니다.

지금,

내가 살아 있다는 것은 오묘입니다.

너무 지치고 힘들 땐, 함께 여행을 떠나세요.

무수한 사람들을 만나며,

수많은 풍경들을 바라보며,

세상을 다른 방향으로 바라보게 될 것입니다.

여행은 현재의 행복을 느낄 수 있는 가장 좋은 방법입니다.

내가 얼마나 소중한 존재인지,

부부가 함께 살아가는 것이 얼마나 아름다운 것인지를 깨닫게 해 줍니다.

내가 보지 못했던 또 다른 세상이 나를 위로해 줄 것입니다.

여행의 그 한 순간 한 순간들이 부부의 인생을 바꾸어 줄 때도 있습니다.

여행은 갇혀 있던 부부를 세상 밖으로 끄집어 내 주기 때문입니다.

부부가 함께 살아가면서 힘든 일을 만날 수밖에 없습니다.

힘들다고 인생을 동굴로 생각하지 마세요.

터널이라 생각하십시오.

터널은 끝이 있습니다.
그러나 주저앉아버리면 동굴이 되어버립니다.
그냥,
오늘 하루 열심히 사는 데만 집중하세요.

부부의 삶이 너무 많이 지치고 힘들 때는
함께 와인을 꼭 한잔 하세요.
그리고 대화를 많이 나누세요.
잠시지만 술은 힘든 현실을 잊게 해줍니다.
술은 긍정적인 사고와 용기를 주기도 합니다.
그때 느꼈던 긍정적인 사고(思考)와 용기가 때론,
부부 인생의 중요한 전환점을 만들어 주기도 합니다.
꼭 나쁘지만은 않습니다.
와인 한잔에 평화주의자가 되는 행복감을 느끼며 살아갈 수도 있
습니다.

부부가 싸웠던 가슴 아픈 기억들이 있다면 오래 간직하지 마세요.
세상을 살다보면 어찌 좋은 일만 있나요?
살아오면서 끔찍했던 일들, 생각하고 싶지도 않은 일들,
빨리 잊으려고 노력하세요.
자신을 향해 자주 이런 말을 해주세요.
"괜찮아. 괜찮아. 다 괜찮아."라고 말입니다.
"그래도 이 정도면 지금 잘 하고 있는 거야."라고 말입니다.

아내는 선물이다

밤하늘의 별들이 아름다운 것은

캄캄한 밤하늘이라는 배경이 있기 때문입니다.

부부간의 삶이 아름다울 수 있는 것은

어렵고 힘든 현실 속에서도 소망을 잃지 않기 때문입니다.

비록 오늘이 힘들지만

내일이 아름다운 이유는

내가 바라는 것들이 내일 거기에 있을 거라고 믿기 때문입니다.

그냥 오늘 행복하고,

내일 더 행복할 수 있다는 희망만 있다면,

이 세상 그 무엇도 부럽지 않습니다.

어차피 인생은 깜깜한 날이 더 많습니다.

깜깜한 날을 밝은 날로, 나 스스로 만들어 나가야 합니다.

오늘의 절망이

내일에는 기쁨과 희망이 될 수 있다고 믿고 살아가기에

지금 살아 있음이 행복인 것입니다.

서로 자주 웃고 자주 미소를 지어 주세요.

그리고 마음껏 웃어도 보세요.

끝없는 바다와 하늘 같은 여유로움이 생길 것입니다.

멋진 삶은 언제나 멋진 이유를 가지고 있습니다.

그래도 생각보다 아름다운 것이 함께 하는 부부의 인생입니다.

인생에는 다 때가 있습니다.

범사에 기한이 있고 천하만사가 다 때가 있습니다.
심을 때가 있고 뽑을 때가 있습니다.
찾을 때가 있고 잃을 때가 있습니다.
사랑할 때가 있고 헤어질 때가 있습니다.
날 때가 있고 죽을 때가 있습니다.

어차피 때가 되면 우리 모두 다 갈 것인데,
이미 그렇게 정해져 있는데,
다투고 미워할 시간이 없습니다.
부부가 함께 사는 동안만이라도,
행복하게 살아야 합니다.
너무 힘들고 고통스럽게 살지 말라는 것입니다.
한번밖에 없는,
소중한 인생이니까요.

8.
무조건적인
사랑을 하라

당신은 사랑받기 위해 태어난 사람 당신의 삶 속에서 그 사랑 받고 있지요
태초부터 시작된 하나님의 사랑은 우리의 만남을 통해 열매를 맺고
당신이 이 세상에 존재함으로 인해 우리에게 얼마나 큰 기쁨이 되는지
당신은 사랑받기 위해 태어난 사람 지금도 그 사랑 받고 있지요

이 노래는 한국교회에서만 사용되어 왔던 CCM 복음성가다.
그런데 어느 순간 일반인들에게도 폭발적인 인기를 얻으며 알려
지기 시작하더니 이제는 대한민국 전체 국민들이 부르는 노래가
되었다. 수많은 가수들이 리메이크 곡을 만들었으며 이제는 영
어 버전, 일본어 버전, 중국어 버전 등으로 만들어져 수많은 나라
에서 가장 대표적인 축복 송으로 사용되고 있다. 그 나라의 모든
국민들로부터 사랑받고 있는 노래로 자리잡은 것이다. 가사 내
용은 아주 단순하다. "당신이 이 세상에 태어난 것은 오직 사랑
을 받기 위한 것이며 당신이 이 세상에 존재하는 것만으로도 나
에겐 큰 기쁨이 된다"는 것이다. 그렇다. 내 아내 역시 남편의 사

랑을 받기 위해 한 여자로 이 땅에 태어났으며, 그 아내가 이 세상에 존재하는 것만으로도 나에게는 기쁨이 되어야 하는 것이다.

사랑에는 네 종류가 있다. 남녀간의 사랑인 에로스의 사랑과 가족간의 사랑인 스톨게의 사랑, 그리고 형제간의 사랑인 필리아의 사랑, 마지막으로 조건을 따지지 않는 무조건의 아가페 사랑이다. 아가페 사랑은 사랑이 안 되는데도 사랑을 하는 것이다. 조건을 따지면 사랑할 수 없음에도 불구하고 의지적으로 사랑하겠다고 선택해서 행동으로 실천하는 사랑이다. 그러므로 아가페 사랑은 감정적인 사랑이 아니라 의지적인, 무조건적인 사랑인 것이다.

우리가 잘 아는 그 유명한 성서의 '사랑' 장에 보면 인간의 모든 총체적인 사랑 15개를 이렇게 표현했다.

사랑은 오래 참습니다.
사랑은 온유합니다.
사랑은 투기하는 자가 되지 않습니다.
사랑은 자랑하지 않습니다.
사랑은 교만하지 않습니다.
사랑은 무례히 행치 않습니다.
사랑은 자기의 유익을 구하지 않습니다.
사랑은 성내지 않습니다.
사랑은 악한 것을 생각하지 않습니다.
사랑은 불의를 기뻐하지 않습니다.

아내는 선물이다

사랑은 진리와 함께 기뻐합니다.사랑은 모든 것을 참습니다.

사랑은 모든 것을 믿습니다.

사랑은 모든 것을 바랍니다.

사랑은 모든 것을 견딥니다.

여기에 나오는 15가지의 사랑은 모두 추상명사가 아니라 동사이다. 즉 의지적으로 선택해서 행동하는 동사인 것이다. 사랑이 이렇게 의지적으로 선택해서 행동하는 동사라면, 때로는 비록 아내에 대한 따스한 감정이 좀 부족하다 할지라도, 아니 설사 미움이 있다 할지라도 "기꺼이 아내를 사랑하겠다" 혹은 "미움 대신에 사랑을 선택하겠다"라는 의지적인 마음을 가지고 사랑의 행동을 하는 것이다. 그럴 때 비록 아내의 못난 점들 때문에 싫어했던 차가운 마음이 있었다 할지라도 어느 순간에 눈 녹듯 사라지면서 따스한 마음으로 변화되기 시작하는 것이다. 이러한 사랑을 우리는 아름답고 고귀한 사랑, 무조건적인 사랑이라고 부르는 것이다. 결혼은 마법이나 환상이 아니다. 동화 속의 행복한 이야기만이 아니다. 결혼은 현실이다. 사랑하고 싶다고 사랑하고 사랑하기 싫다고 미워하는 그런 유치한 삶이 아니다. 때론 미워도, 싫어도 의지적인 마음을 가지고 무조건적인 사랑의 행동, 아가페 같은 사랑을 해야 한다는 것이다. 그 이유는 단 하나다. 모든 인간은 사랑 받기 위해 태어났기 때문이다.

어떤 남자가 나에게 이렇게 말한 적이 있었다. "결혼 생활은 로맨틱한 소설이나 영화 속의 환상적인 연인처럼, 한결같이 사랑을 주고받으며 그렇게 평생을 행복하게 살 수 있는 게 아닙니다." 나는 왜 그렇게 살 수 없는지 되물었다. 그의 답은 더 이상 자신이 꿈꾸어 왔던 아내가 아니라는 것이었다. 다시 한 번 물었다. "그렇다면 당신은 아내에게 아직도 꿈을 주는 남자인가요?" "결혼은 현실이며, 때로는 지루한 일상인 것을 모르고 결혼했단 말인가요?" 아내를 사랑한다는 것은 조건으로 하는 것이 아니다. 아무런 대가 없이 주는, 그냥 주는 사랑이다. 아가페 같은 사랑, 무조건적인 사랑이어야 한다. 아내가 남편의 사랑을 받기 위해 어떤 평가를 받아야 한다면 도대체 이것이 무슨 부부의 삶이 될 수 있겠는가. 분명 아내는 남편의 사랑에 대해 의심하게 될 것이다. 불의가 진실을 이기지 못하듯이 미움은 사랑을 이기지 못한다. 이것이 우리가 살아가는 인생의 진리이다.

남편이 아내를 데리고 왔다면 남편으로서 어느 정도의 희생을 각오해야 한다. 그 정도의 희생도 없이 "아내를 사랑한다", "행복한 가정을 꾸리겠다" 이것은 다 거짓말이다. 남편으로서 존경받지 못할 행동이다. 물을 흠뻑 머금은 새싹이 아름다운 꽃을 피우는 것처럼 아내도 남편의 사랑을 듬뿍 받으며 안정감을 느껴야 진정한 사랑을 받는다는 느낌을 가지게 되는 것이다. 그럴 때 비로소 어둡고 추웠던 삶에서 환하고 따뜻한 빛의 삶으로 변화되어지는 것이다. 부부란 어차피 서로가 사랑이 있는 고생을 하는 것이다.

아내는 선물이다

9.
이혼, 가능한 하지 마라.
그러나,

2015년도의 통계를 보면 대한민국의 결혼은 37만 6천 건이고 이혼은 13만 8천 건으로 나타났다고 한다. 세 쌍이 결혼하면 한 쌍이 이혼하는 것이다. 그리고 더 놀라운 것은 재혼 후에 또다시 이혼한 경우는 무려 70%라는 결과가 나왔다. 한 번 이혼하면 두 번째 이혼은 훨씬 더 쉬운 것이다. 오늘날 많은 사람들을 보면 "사랑이 없다면 이혼하라. 성격이 맞지 않다면 이혼하라" 등등 온갖 이혼조항을 만들어 내곤 한다. 이혼 열병에 걸린 것이다. 심지어 이혼식까지 성대하게 벌여 준다는 대행업체도 성행하고 있다고 한다.

사실 이혼을 하고 난 뒤에 벌어지는 일들이 굉장히 많다. 그리고 그 이혼을 이겨낼 것 같지만 못이겨 내는 사람들도 부지기수다. 웬만큼 강하지 못한 사람들은 못이겨 낸다. 주변의 시선과 환경, 열등감 등등 한없이 작아지는 나의 모습을 보게 된다. 죽을 만큼 힘든 것이 이혼이다. 특히 나약한 사람들의 이혼은 자살

률을 높인다. 결혼했으면 행복해지기 위해서 최선을 다하고 특히 이혼 후 행복해질 수 없다면 절대로 이혼해서는 안 된다.

당장 이혼을 하게 되면 멀리 볼 필요도 없다. 제일 먼저 찾아오는 것은 자녀에 대한 문제다. 자녀들의 상처에 대한 미안함과 자녀의 양육비와 교육비에 대한 경제적인 책임의 부재가 가장 먼저 따라온다. 경제적 불안정으로 인한 자신의 노후 대책이 순식간에 막막해지고 만다. 막상 이혼하고 나면 세상이 그렇게 만만하지 않다는 것을 깨닫게 되는 데는 그리 많은 시간이 필요하지 않다. 특히 여자의 경우에는 맨 몸으로 사회에 뛰어들어 먹고 살아야 하는 현실적인 상황에 부딪혀야 한다.

뿐만 아니다. 내면의 문제들이 산재해 있다. 누가 뭐라 하지 않아도 스스로 자신감이 없어지고, 소외감을 느끼며, 사회와 직장에서 이혼남, 이혼녀라는 불명예스런 딱지와 함께 차별적 시선으로 벽을 더 두껍게 쌓게 된다. 사회적, 경제적 위상도 하루아침에 달라져 버린다. 부부 관계에서 받은 상처들은 치유가 잘 되지 않아 오랜 시간이 흘러도 분노와 증오, 원망의 감정을 치유하지 못한 상태로 고스란히 남게 된다. 아울러 정서적, 심리적으로 수많은 난제들과 씨름하며 스스로 헤쳐나가야 한다. 부부에게 가장 힘들고 고통스러운 것은 사별(死別)이라고 한다. 스트레스 지수 100이다. 그 다음으로 힘든 것은 스트레스 지수 73의 이혼이다. 빚 독촉은 스트레스 지수 30에 그친다. 이혼이 정신적 건강에 미치는 영향은 그야말로 상상을 초월하는 것이다. 이혼, 하지

아내는 선물이다

말아야 하는 이유이다.

아주대학병원 홍지만 교수는 12년간 병원에 입원한 환자 중 40~59세 뇌졸중 남자 환자 249명을 대상으로 결혼상태와 뇌졸중 위험인자 및 각 뇌졸중의 특성을 분석한 결과 이혼이나 별거, 사별 상태의 홀로 사는 40대 중년층이 결혼생활을 하고 있는 중년층보다 뇌졸중 발생률이 5배 이상 높았고, 특히 이혼한 40대 남자에서 더욱 뚜렷하다는 연구결과를 발표했다. 특히 40대에서 이혼, 별거, 사별에 따른 불안정한 결혼상태가 뇌경색의 촉발제가 될 수 있고, 뇌경색이 발생하더라고 그 강도가 가장 심하게 나타났다는 것이었다. 결론적으로 결혼상태가 불안정한 대한민국 40대 남자에서 뇌졸중이 걸릴 확률이 가장 높았다는 것이다. 사별(死別)은 어쩔 수 없다 할지라도 이혼만큼은 안하는 것이 나를 지키고 보호하는 최고의 건강 비결인 것이다. 그러므로 이혼이라는 지옥행 열차에 탑승하고 싶지 않다면 지금부터라도 아내를 사랑하고 아내를 미소 짓게 만들기 위해 노력해야 하는 것이다. 세계에서 가장 이혼율이 낮은 민족은 단연 유대인이다. 유대인들의 지혜와 처세를 담은 〈탈무드〉를 보면 유독 아내와 여성을 소중히 여기라는 내용이 많이 나온다.

"만약 고아 남녀가 있거든 먼저 여자아이를 구해줘라. 사내아이는 구걸을 해도 괜찮지만, 여자아이를 그렇게 만들어서는 안 되기 때문이다."
"자신을 사랑하듯이 아내를 사랑하고 소중히 지켜라."

"절대로 여자를 울려서는 안 된다."

"남편은 아내를 일주일에 세 번 이상 포옹해줘야 한다."

"아내를 때리는 자는 엄한 벌을 받아야 한다."

"아내는 잘못을 저지른 남편에게 이혼은 물론 위자료를 요구할 권리가 있다."

남편이 아내를 구체적으로 어떻게 아끼고 사랑해야 하는지를 철저하게 가르치고 있다.

지금은 시대가 많이 바뀌었다. 아내가 자라온 세대는 옛적 어머니 때와 확연히 다르다. 많이 배웠고 똑똑하며 가족을 위한 무조건적인 희생이 아닌 자신의 행복에 초점을 맞추고 싶어 한다. 그러므로 남편들이 아내에게 가족들을 위해 무조건 희생하라고 강요해서는 안 된다. 우리나라의 기혼 남자들이 대수롭지 않게 쓰는 말이 하나 있다. "잡은 물고기에는 밥을 안 줘도 된다." 이걸 말이라고 하는지, 아무리 농담이라 할지라도 아내들에게는 치명적인 상처가 된다. 미국 같은 나라에서 이런 말을 하면 결혼 사기죄로 얼마든지 고소당할 수 있다. 이러한 크고 작은 상처가 쌓이면 언젠가 곪아 터져 "이혼"이라는 지울 수 없는 큰 흉터를 남길 수 있게 되는 것이다.

여기저기서 '100세 시대'라는 소리가 들려온다. 60세에 은퇴한다 해도 족히 40년 이상은 오롯이 부부 둘만 살아야 한다. 부부 사이가 좋다면 남은 삶이 행복하겠지만 그렇지 않다면 사는 것 자체가 지옥일 수 있다. 그래도 죽어도 이혼을 해야겠다면 다시 한 번만 더 기회를 가져보길 바란다. 그래도 정 이혼을 하지 않으면 자살이라도 할 것 같다면 차라리 졸혼(卒婚)을 하라. 호적이라는 썩은 동아줄을 잡고 쇼윈도우 부부로 살아가며 정말 아까운 세월을 버리는 것보다는 낫다. 결혼 생활은 행복하기 위해 유지하는 것이지 불행을 자초하면서 유지하는 것은 아니기 때문이다. 이혼을 하지 않으면서 위험부담이 적은 졸혼이 그나마 대안이 되고 있다는 것이다. 이혼을 하게 되면 완전히 절연(絕緣)을 해야 한다. 거기에 따르는 경제적인 문제, 자식과의 관계 등이 복잡하게 되어 버린다. 특히 황혼 이혼에는 재산권 상속권 때문에 재혼을 반대하는 자식들이 의외로 많다는 사실을 염두에 두어야 한다. 특히 수십 년 동안 부부로 살다가 헤어지면 허무함이나 박탈감은 그야말로 상상을 초월한다. 하지만 졸혼은 여전히 법적 부부로 연결되어 있다는 안정감을 가질 수 있다. 졸혼이 이혼에 대한 차선책 혹은 타협방안이 될 수 있는 것이다. 물론 법적인 책임을 덜면서도 각자의 생활을 유지할 수 있다는 점에서 서로에게 지쳐버린 부부들에게 졸혼은 매력적으로 다가올 수도 있다. 졸혼이라는 말은 '결혼을 졸업한다'는 뜻이다. 부부가 이혼하지 않은 채 각자의 삶을 자유롭게 사는 것을 말한다. 결혼의 의무에서는 벗어나지만, 부부 관계는 유지한다는 점에서 이혼, 별거와는 또 다른 차이가 있다. 졸혼은 원래 일본 작가 스기야마 유미코가 2004년에 쓴 책 『졸혼을 권함』에서 처음 사용됐다. 일본에서 황혼이혼이 급증하며 사회문제로 떠오르자 그 대안으로 나온 개념이 바로 졸혼이었던 것이다. 하지만 분명한 것은 정말 신중하게 결정해야 한다는 것이다.

주부 예모(58) 씨는 둘째 자녀의 결혼을 마친 후 느닷없이 남편에게 졸혼을 선언했다. 먼저 물어보고 자시고 할 것도 없이 선언해 버린 것이다. 당황스러워하는 남편에게 예 씨는 아이들 모두 각자의 가정을 꾸리고 독립했으니 이제 남편으로부터 그리고 가족으로부터 벗어나고 싶다며 32년이 넘는 전업주부 생활을 끝내겠다고 말했다. 한 마디로 남편의 속박에서도 벗어나고 싶다는 것이다. 그동안은 아이들 때문에, 주위의 눈총 때문에, 그리고 살아온 정 때문에 어쩔 수 없이 가족이라는 틀에 매여 있었지만 이제는 내 삶을 찾고 싶다며 누구의 엄마, 누구의 아내보다는 오직 자기 자신만을 생각하며 살아가는 시간을 만들며 새로운 인생, 남은 인생을 살겠다는 것이었다. 사랑이 식은 상태로 결혼 생활을 유지하는 것보다는 백배, 천배 낫다는 것이었다.

사실 부부관계가 하루아침에 깨어지는 일은 그리 흔하지 않다. 대개 오랜 기간 동안 쌓여온 갈등들이 분명히 있었을 것이다. 그것은 매우 심하게 싸웠던 순간이나 배우자의 좋지 않은 참모습을 봤을 때, 아니면 배우자를 향한 자신의 판단 오류와 실수를 절감하며, 배우자에게 바랐던 모든 기대들이 붕괴되면서 걷잡을 수 없이 절망에 빠져들었을 때일 것이다. 한 마디로 모든 신뢰가 깨어져 버렸을 때이다. 결국 그런 것들이 부부관계를 파괴시키고 심리적, 정서적 이혼이라는 결과를 낳게 되는 것이다. 물론 부부간에 금이 간 관계를 다시금 봉합하기 위해 서로가 노력

아내는 선물이다

하기도 한다. 하지만 그러한 노력에도 불구하고 부부관계가 되돌릴 수 없는 지경에 이르는 것은 결국 부부간의 마지막 보루인 신뢰가 완전히 무너졌기 때문이다.

그렇다. 결혼생활을 하다 부부간에 크고 작은 문제들로 심각한 갈등을 겪게 되면 누구나 이혼을 한번쯤은 생각해 보게 된다. 예전에는 이런 경우 참고 견디면서 그냥 살아가는 경우가 많았지만 요즘에는 쉽게 이혼해버리는 경향이 참 많다. 이혼이 결혼만큼 흔해져 버린 것이다. 물론 이혼이 자신의 행복을 위한 선택일 수도 있을 것이다. 행복해지기 위한 선택을 할 수도 있지만, 순간의 감정에 휩싸여 이혼을 하게 된다면 자칫 평생을 두고 후회가 남게 되고, 오히려 불행의 부메랑으로 돌아올 수 있다는 것을 명심해야 한다. 이혼은 순간의 화를 못 이기거나 순간적인 감정에 치우쳐 하는 것이 아니다. 감정에 휩싸여 이혼 소송을 진행하는 경우엔 평생을 두고 후회하는 돌이킬 수 없는 엄청난 큰 실수를 저지르게 되는 것이다. 그러므로 이혼은 감정적인 대처보다는 이성적 대처를 해야 하는 것이 정말 중요하다. 물론 무조건 이혼하거나 무조건 참고 사는 것 또한 100% 능사는 아니다. 하지만 수많은 객관적인 입장을 고려한 후 가장 합리적인 판단을 해야 한다는 것이다. 이혼이 꼭 필요한 사람도 있지만 굳이 안 해도 될 이혼을 잘 못하여 후회하는 사람들이 너무나 많기 때문이다.

자, 이쯤에서 우리는 이혼해서 살아가고 있는 주변 사람들의 대다수가 어떤 삶을 살아가고 있는지 한 번 눈여겨 볼 필요가 있다. 이혼한 남녀들의 거의 대부분이 성공적인 결혼 생활을 하지 못하고 외로운 처지가 되어 떠돌고 있는 경우가 많다. 멀리 볼 필요도 없다. 수많은 결혼정보회사와 인터넷의 재혼 카페 등이 모든 상황들을 잘 말해 주고 있다. 다 상술이다. "화려한 싱글, 돌아온 싱글." 이거 스스로 잘 나간다고 착각하는 일부 여자들의 말장난이다. 그 잘 나간다는 사람들의 내면을 들여다보면 육체도 영혼도 피폐해진 상태로 살아가고 있는 사람들이 대부분이다. 분명하건대 '화려한 싱글'은 존재하지 않는다. "다른 여자와 재혼, 삼혼해서 산다고 결혼 생활이 무조건 행복해지는 것은 아니다." 어른들의 말씀이 하나도 틀린 게 없다. 정말 새겨들을 말이다. 특히 한번 결혼을 했으면 끝까지 아내를 웃을 수 있게 해 주는 것이 남편의 의무이자 책임이다. 이혼한 후 아내가 힘들게 살아가는 과정들을 생각하면 남편의 입장에서 평생의 짐으로 여겨야 하지 않겠는가? 아무리 찬 가슴이 사랑을 잊어버리고 이별로 끝날 것 같아도 부부지간의 마지막 끈을 놓아서는 안 된다.

결론은 그렇다. 정말 죽을 상황이 아니라면 이혼하지 않는 것이 그래도 가장 최선의 방법이라는 것이다. 정말이지 섣부른 이혼, 감당할 수 없는 정신적 고뇌와 외로움을 이겨낼 방법이 없다. 그후에 따라오는 무력감과 박탈감은 상상을 초월할 정도다. 우울증도 빨리 따라온다. 그리고 이혼, 그게 그리 쉬운 절차가 아니다. 이혼에 따르는 현실적인 벽에 부딪혀 보면 해야 하는 일이 너무나도 많다는 것을 그때 가서야 깨닫게 된다. 실제로 이혼상담을 받는 중년이나 노년들 중에서 법적 절차에 대한 까다로운 설명을 듣고는 포기하는 사람들도 의외로 많다고 한다. 이혼 절차가 결코 생각처럼 쉽지 않다는 것이다. 그러므로 이혼을 하는 것이 현재 상황보다 확실히 백배, 천배 정도 더 좋을 경우에만 그것도 독한 마음을 먹고 이혼을 결심해야 한다. 목표는 이혼이 아니라 행복해지는 것이다. 교과서 같은 답이긴 하지만 함께 살 수 있다면 결혼 생활을 끝까지 잘 유지하는 것이 최고의 답이다. 일단 결혼을 했으면 어떻게 하든지 어려움을 이겨내고 행복하게 살도록 최선의 노력을 해야 한다. 끝까지 노력도 안 해보고 상대방만 탓하는 것은 정말 어리석은 짓이다. 재혼, 삼혼 해봤자 별것 없다. 더 행복할 것 같지만 절대로 그렇지 않다는 것이다. 재혼, 삼혼 해본 사람들이 이구동성 하는 말이다. 설사 결혼해서 살면서 겪는 고통이 있다 하더라도 그 고통이 이혼 후에 찾아오는 고통보다는 수십 배, 수백 배 더 견디기 쉽다는 것을 명심해야 한다.

신혼 때는 아내가 요리를 좀 못해도 괜찮다. 사랑하기 때문에 문제가 되지 않는다. 아직 설레는 마음이 있어서 괜찮다. 하지만 살다 보면 서로를 향한 사랑도 조금씩 식을 수밖에 없다. 그냥 무덤덤하게 살 때도 있다. 평생 설레는 마음으로 뜨거운 사랑으로 살면 큰일 난다. 집에 불이 난다. 부부란 때로는 다투기도 하고 때로는 꼴도 보기 싫을 때도 있다. 그러다가 어느 날 사랑싸움은 끝나고 진짜 싸움이 시작되면서 울고불고 난리치고, 결국 성격이 안 맞느니 하면서 헤어진다. 그렇다면 그런 사람들이 이혼하고 다른 사람과 재혼한다고 또 몇 년을 더 살 수 있을까? 부부는 평생 설레는 것이 아니다. 때로는 좀 지루한 것같이 살아가는 것도 필요한 것이 부부 관계다. 그런데 조금만 다투면 그 또 다른 설렘을 찾아 이혼하려고 한다. 재혼, 삼혼 하면 또 다시 설레는 줄 착각한다. 길어야 몇 개월이다. 절대로 행복하려고 이혼해서는 안 된다. 그런 식으로 가정을 함부로 깨뜨려서는 평생을 두고 후회하게 되는 것이다.

이 세상에서 오래된 것 중 가장 좋은 것 두 가지가 있다. 하나는 골동품이고 다른 하나는 오래된 아내이다. 그래도 도저히 함께할 수 없다면, 이혼하지 않고서는 정말 자살이라도 해야 할 것 같으면 다시 한 번 부탁하지만 차선책으로 차라리 졸혼을 선택하라. 졸혼해서 떨어져 살다보면 아내의 소중함과 남편의 귀중함을 다시금 깨닫고 재결합 할 수 있는 기회가 얼마든지 생길 수 있기 때문이다. 이혼만큼은 하지 말라는 것이다. 아내, 남편이라는 이름을 잠시 잊고 잠시 떨어져 살다보면 어차피 사람은 외로운 존재이기에 서로의 소중함을 깨닫게 된다. 헤어져 보아야 비로소 내 눈에 보이는 것들이 있다는 것이다. '있을 때 잘해'가 무슨 의미인지도 그때는 뼈저리게 깨닫게 된다는 것이다.

요즘은 시대가 워낙 급박하게 돌아가다 보니 졸혼뿐만 아니라 휴혼(休婚)이라는 것도 생겼다. 결혼을 잠시 휴학하는 것이다. 그리고 주혼(週婚)도 있다. 재혼을 하지 않고 주말에만 만나서 연애하는 방식이다. 종류가 아주 다양해졌다. 자기들 입맛대로 고르는 것이다. 하지만 정말 신중해야 한다. 아무리 부부 사이가 흔들리고 있다 할지라도 섣부른 판단과 감정에 치우쳐 우발적으로 이혼을 선택해서는 큰일이 일어날 수도 있다는 것이다.

아내는 선물이다

사람은 참 묘하다. 결국 인내력 부족으로 이혼하고 기억력 부족으로 재혼하게 되는 것이다. 절대로 거기에 속아서는 안 된다.

부부가 살아간다는 것은 누구나 반복되는 일상 속에서 살아가는 것이다. 뭐 별게 없다. 어찌 보면 거의 다 비슷비슷하다. 재벌도 정치인도 연예인도, 아무리 예쁘고 유명한 사람이라 할지라도 살아가는 것 뭐 그리 거창하거나 대단하거나 그렇지 않다. 별반 다른 게 없다. 다 거기서 거기다. 여느 가정도 다 똑같은 고민을 하면서 티격태격 그렇게 살아간다. 실체를 감춘 이미지만 나타나는 가정일 뿐이지 뭐 더 예쁜 여자나 또 다른 새로운 여자와 살아본다 한들 별것 없다는 것이다. 그런데 아직도 많은 사람들이 이혼하고 다른 여자 만나면 대단한 일이 벌어질 줄 안다. 그렇지 않다. 그 여자가 그 여자다.

한번뿐인 인생, 한 여자만 평생을 사랑하며 살아 보는 것도 정말 보람된 일이다. 더 사랑하고 더 행복하게 살아가려고 노력해야지 미워하고 분노하고 그럴 시간이 없다. 아내가 20년 동안 나와 함께 살아 왔다면 나의 대한 추억을 가장 많이 가지고 있는 여인이다. 그런 여인을 버린다는 것은 독한 인간이다. 보통 독한 인간이 아니다. 이혼, 가능한 하지 말아야 한다. 살다보면 구관이 최고의 명관이라는 것을 알게 될 것이다. 나이가 먹을수록 내 아내가 소중하다는 것을 알게 된다는 것이다.

Part 3
.
.

사랑 받는 아내는
늙지 않는다

10.
꿈이 있는 아내는
늙지 않는다

세계 최고의 부자 빌 게이츠를 따돌리고 마침내 세계 부호 1위를 차지한 아마존의 대표 제프 베조스는 부모의 차고에 온 종일 틀어박혀 발명품 개발에 어린 시절을 투자했다. 하지만 발명하는 족족 모조리 다 실패를 경험했다. 아이디어는 빛났지만 결국 상품성이 없는 발명품들이었던 것이다. 비로소 나이 30살에 잘나가던 Wall Street 최연소 부사장 자리를 뛰쳐나와 Bellevue에 있는 차고에서 소자본으로 사업을 시작했다. 이때 탄생된 기업이 바로 전자상거래의 시초라고 할 수 있는 아마존이다. 처음에는 인터넷을 통해 서적만 판매했다. 흔한 1인 기업의 모습처럼 그는 주문을 받으면 서적 배송을 위해 자신의 승용차로 직접 우체국으로 운전을 하곤 했다. 그때 그에게는 간절한 꿈이 하나 있었다. 그것은 무거운 짐을 운반하는 데 필요한 포크 리프트 한 대를 구입하는 것이었다. 유통산업과 클라우드 사업 등으로 온라인 왕국을 건설한 그는 훗날 이렇게 고백했다. "나에게는 포크 리프트 한 대를 구입해야겠다는 간절한 꿈 하나가 있었습니다. 바로 그 꿈 하나가 나를 여기까지 오게 만들었습니다. 여러분들도 이루고 싶은 꿈 하나 정도는 반드시 가지고 있어야 합니다. 그런 꿈을 가지고 있을 때 그 꿈이 이루어질 가능성이 훨씬 더 높아지기 때문입니다."

그렇다. 꿈은 이루어 나가는 것이다. 꿈이란 누군가에게는 그저 꿈이 될 수 있지만 그 꿈을 찾는 사람에게는 꿈은 그저 꿈이 아니다. 인생은 내가 생각하는 대로 이루어지기 때문이다. 현실에서 이상으로 가는 길은 멀다. 거기에 꿈마저 없다면 그 길은 아주 험한 산길이 되어 버린다. 그러므로 사람은 일단 꿈과 목표를 정해 놓고 살아가는 것이 무엇보다도 중요하다. 꿈이 있다는 것은 인생의 목표가 생겼다는 것이다. 인생의 목표가 생겼다는 것은 이제 내가 해야 할 일이 생겼다는 것이다. 꿈이 없다는 것은 이미 목표가 다 사라진 것이다. 이런 사람들은 침대에서 일어나는 것조차도 부담스러워한다. 인생살이 자체가 무의미하며, 하루하루가 지루할 뿐이다. 한마디로 인생을 포기한 사람이다. 그런 의미에서 꿈도 없는 사람이 영혼마저도 없는 액션을 취할 때, 그때가 가장 불쌍한 인생을 살아가는 순간이 되는 것이다.

그렇다면 가정에서 가사와 육아일을 하며 밤낮 없이 힘들어하는 아내들은 어떻게 그러한 꿈을 펼쳐나갈 수 있을까? 결혼한 아내가 스스로 혼자서 꿈을 이루어 나가기는 사실상 불가능 하다. 그러한 꿈을 만들어 갈 수 있도록 남편이 도와주어야 한다. 결혼을 해서 자신의 꿈이 다 사라진 줄 알았는데, 그래서 하루하

아내는 선물이다

루를 그냥 무의미하게 살아 왔는데 인생의 목표가 생겼다는 것은 주부로서 새로운 인생을 살아가는 것을 의미한다. 이 얼마나 황홀한 일인가. 그 황홀한 꿈을 남편이 만들어 주어야 하는 것이다. 남편의 도움이 없다면 그 꿈의 90% 정도는 사라졌다고 봐도 무방하다. 평생 자기개발 없이 펑퍼짐한 주부로만 인생을 끝내 버릴 가능성이 아주 많기 때문이다. 하지만 지금이라도 내 아내가 꿈을 가질 수 있다면 비록 세상 밖의 인생 궤도에서 잠시 벗어났다 할지라도 다시금 본래의 길, 꿈꾸어온 여자의 길로 금방 돌아갈 수가 있다. 인간은 꿈을 꾸며 그 꿈을 추구하는 존재이기에 그렇다.

결혼정보회사 듀오가 조사한 내용이다. 직장여성과 전업주부의 삶 중 어느 것이 더 나은지 묻는 질문에서 전업주부의 삶을 선택한 사람은 11.3%에 불과했다. 역시 어떤 TV 프로에서 보았다. 사회자가 출연자들에게 "전업주부를 원하느냐, 직장생활을 원하느냐?"고 물었다. 7명의 주부들 중에서 무려 6명이 직장생활을 하겠다고 답했다. 그 이유는 전업주부가 힘들다는 것이다. 대한민국에서 전업주부로 살아간다는 것이 정말 만만치가 않다는 것이다. 하물며 직장생활까지 병행한다면 얼마나 힘든 주부의 삶일지 더 이상 언급할 필요가 없다. 수많은 주부들이 꿈과는 거리가 먼 삶을 살고 있는 게 현실이다.

얼마 전 한 TV 홈쇼핑 회사가 재미있는 발표를 했다. 주부들의 가사노동을 연봉으로 계산하면 얼마나 될까? 결과는 아주 놀라웠다. 집에서 살림하는 아줌마들의 가사노동의 연봉이 예상치

보다 훨씬 높게 나왔기 때문이다. 우리나라 40대 주부의 연봉은 3407만 원이다. 3350만 원을 기록한 30대가 그 뒤를 이었고, 20대는 2173만 원, 50대는 2678만 원으로 나타났다. 그렇다. 대한민국의 전업주부는 다양한 분야의 일을 전문가, 혹은 준전문가 수준으로 해내고 있는 것이다. 사실 대한민국의 주부야말로 한국 기업이 원하는 덕목을 가장 완벽하게 갖춘 21세기가 원하는 인재상이다. 그런데 꿈을 꾸며 살아가는 인재들은 너무 적다는 것이다.

사실 전업주부들은 가족에 대한 전통적인 책임 때문에 느긋하게 즐기며 목욕 한번 제대로 할 수가 없다. 늘 허겁지겁 샤워를 해야 하고, 로맨틱한 저녁식사보다는 식어 빠진 음식을 먹을 때가 비일비재하다. 여행을 떠나고 싶어도 쉽게 떠날 수가 없다. 하고 싶은 일이 있어도 가족들을 위해 뒤로 미루는 경우가 오히려 일상이 되어 버렸다. 많은 어머니들이 가족에 대한 전통적인 책임을 지고 있기 때문이다. 오죽 했으면 브라질의 한 언론에서는 자녀를 키우는 전업주부를 가리켜 "멸종 위기에 처한 종(노예)"이라고 불렀을까. 그런 의미에서 대한민국의 전업주부 대부분은 자신만의 꿈을 펼쳐 나갈 수가 없다. 이런 아내에게 꿈을 심어줄 수 있는 유일한 한 사람이 바로 남편이다. 아내는 남편의 꿈을 먹고 사는 유일한 존재이기 때문이다. 남편은 아내에게 칭찬과 격려로 가정을 이끌어 나가도록 해야 하며, 때로는 스스로와 싸우는 아내를 계속적으로 격려해야 한다. 그리고 아내가 좌절하고 힘들어 할 때도 아내로서의 꿈을 달성한다는 강한 믿음을 갖도록

아내는 선물이다

해 주어야 한다. 가정을 돌보는 아내가 꿈이 없으면 자녀들의 꿈도 대부분 멀어져 버린다는 사실도 함께 기억해야 할 부분이다.

자, 그렇다면 어떠한 방법으로 꿈을 만들어 나가야 할까. 아내가 꿈을 이루어 나가기 위해서 가장 중요한 것 중 하나가 책을 많이 읽도록 도와주는 것이다. 사람이 꿈을 만들어 나가는 데 책만큼 중요한 것은 없다. 책은 인생방향에 동기부여와 체계적이고 깊은 지식을 전해준다. 책은 꿈을 꾸는 모든 자들의 생각과 운명을 바꾸어 주며, 나아가 자신의 인생관과 가치관을 바꾸어 주는 스승과 멘토가 된다. 독서만큼 인생의 능력을 끌어올릴 수 있는 방법은 없다. 좋은 책이 나오면 아낌없이 사다주는 것이 아내의 꿈을 키워 줄 뿐만 아니라 아내의 꿈을 이루게 하는 지름길이 되는 것이다. 단 무조건 베스트셀러만 사다 주지 마라. 상술 때문에 베스트셀러가 된 책들이 의외로 많이 있다. 내용도 별것 없는 베스트셀러가 생각보다 많다는 것이다. 남편이 골라서 읽어보고 아내에게 맞는 유익한 책을 사주어라.

그리고 세상을 다른 방향으로 바라볼 수 있는 여행을 아내와 함께 자주 떠나는 것이 정말 좋다. 여행은 갇혀 있던 나를 세상 밖으로 끄집어 내주는 능력이 있다. 그래서 고통을 보다 잘 견디는 방법을 가르쳐 줄 뿐만 아니라 세상과 어떻게 공존해야 하는지를 스스로 깨닫게 해 준다. 무수한 사람들을 만나고 수많은 풍경들을 보면서 현재의 행복을 느끼며 꿈을 꿀 수 있는 가장 좋은 방법이 되는 것이다. 여행은 내가 얼마나 소중한 존재인지를 깨닫게 해 줄 뿐만 아니라 사람을 성숙하게 만들어 준다. "바보는 방황하고 현명한 사람은 여행한다"는 토마스 풀러의 말처럼 여행을 통해 수많은 사람들을 만나 좋은 좋은 인간관계를 맺고 많은 대화를 나눌 수 있는 기회를 많이 만들어 나가야 한다.

뿐만 아니라 아내에게 문화생활을 즐길 수 있도록 기회를 많이 만들어 주라. 아내도 자기계발을 하면서 성장해 나가야 한다. 끝없는 배움의 기회를 주어야 한다는 것이다. 회화, 노래교실, 요가, 스포츠댄스, 꽃꽂이 등등 무엇이든 좋다. 때론 아내에게 품위 유지비도 듬뿍 주어서 세상에 나가서 기죽지 않게 살아갈 수 있도록 남편이 만들어 주어야 한다. 절대로 집에만 있도록 해서는 안 된다. 그리고 봉사나 나눔, 섬김과 사랑을 나눌 수 있도록 세상 밖으로 데리고 나가야 한다. 아내 스스로 성찰해 나가는 다양한 체험적 경험을 많이 쌓는 것들이 아주 중요하다. 그 이유는 세상 속에서 삶을 치열하게 살아가는 것을 보면서, 자신을 위해 많은 고민과 목표를 향한 생각을 많이 하면서 어느새 자신의 꿈을 만들어 나가고 있음을 알게 되기 때문이다. 이런 것들이 꿈을 만들어 나가는 가장 기본적이 요소들이 되는 것이다.

꿈이란 구체적인 목표를 만들어 준다. 그러므로 반드시 계획이 수반되어야 한다. 때로는 아내의 발전을 위해 비전도 세우고, 동기부여도 주면서 세상의 변화를 따라잡을 수 있는 능력을 길러 나가도록 도와주어야 한다. 아내를 항상 잘 살피면서 기꺼이 아내의 도우미가 되어 줄 수 있는 현명한 남편이 되어야 한다는 것

아내는 선물이다

이다. 꿈이 없는 아내라고 절대로 구박해서도 안 된다. 남편인 내가 얼마나 아내의 꿈을 펼치기 위해 애써 주었는지, 기회를 만들어 주었는지 다시 한 번 자성하며 잠들어 있는 듯 가라앉아 있는 아내의 감성을 흔들어 깨워야 한다. 아내의 가슴을 다시금 뛰게 만들어 주어야 한다. 그런 일들을 위해 남편이 적극적인 후원자가 되어 주어야 한다. 그럴 때 아내는 훨씬 쉽게 꿈을 이루어 나갈 수 있는 것이다. 아내가 힘들어하지 않도록 유일하게 힘을 줄 수 있는 사람이기 때문이다. 아내를 살리는 사람은 오직 남편이다. 막연히 아내의 꿈을 기대만 하는 것보다는 아내의 꿈을 후원하는 남편의 아내가 결국엔 경쟁시대에 최후의 승자가 되는 것이다.

당신이 맹인으로 태어난 것보다 더 불행한 것이 무엇이냐는 질문을 받은 한 여인이 한 치의 머뭇거림도 없이 대답했다.
"시력은 있되 꿈이 없는 것입니다. 꿈이 있기에 지금 나는 아름다운 삶을 살아갈 수 있는 것입니다."

생후 19개월 만에 성홍열과 뇌막염으로 위와 뇌에서 급성 출혈이 생겨 보지도, 듣지도, 말하지도 못하는 3중 장애의 시련을 딛고도 인간의 존엄성을 가장 인격적으로 증명해낸 위대한 사람 헬렌 켈러(Helen Keller)의 대답이다. 그렇다. 꿈은 생명의 원천이고 삶의 에너지다. 꿈은 이루어지는 것이다. 분명 지금의 아내는 헬렌 켈러보다 훨씬 더 좋은 조건을 가졌다. 그런 내 아내가 꿈을 못 이루어 나갈 이유가 없는 것이다. 그렇다. 가슴이 뛰지 않는 삶은 오래가지 못한다. 가슴 뛰는 삶은 성장시켜 나가는 삶이다. 아내가 자아실현의 욕구를 충족하고, 성장할 수 있도록 돕는 것이 진정한 사랑이며 남편이 해야 할 의무인 것이다.

이제 내 아내의 내면을 다시 한 번 들여다보자. 그동안 아내는 어떠한 가치를 품고 살아 왔던가? 무엇을 그토록 갈망하고자 했던가? 그토록 아내가 갈구하면서 만들고 싶어 했던 인생은 도대체 어떤 것이었던가? 그런 인생을 만들어주기 위해 이제부터 나는 어떤 반응을 해야 하는 것일까? 물론 인생에는 100% 정답은 없다. 하지만 끊임없는 질문 앞에서 멈추지는 말아야 한다. 지금까지는 비록 남편과 자식들의 꿈을 위해 한 발짝 물러나 있었지만 오늘부터라도 아내가 어떤 꿈을 이루고 싶어 하는지 물어 보아야 한다. 작은 꿈이라도 상관없다. 그래서 아내에게 딱 맞는 숙명적인 단 하나의 키워드를 찾아내어 마음껏 꿈을 꾸며 나갈 수 있게 해 주어야 한다. 바로 그것이 아내가 가슴 뛰며 삶을 살아가는 이유가 되는 것이다. 아내에 대한 사랑은 표현만이 아니다. 반드시 남편의 사랑과 행동도 함께 수반되는 것이다. 그럴 때 아내는 꿈을 꾸는 것이다. 늦지 않는 것이다.

지금이라도 늦지 않았다. 조금도 늦지 않았다. 그동안 멈춰 버렸던 아내의 시간들을 얼마든지 다시 움직이게 할 수 있다. 지금 당장은 모든 시간을 낭비한 것처럼 보이지만 아내가 꿈꾸어 왔던 일을 찾아내는 새로운 도전은 반드시 아내에게 새로운 기회와 또 다른 세상 밖의 길을 열어 주게 될 것이다. 아내가 하고 싶은 일을 찾아 그 꿈을 조금씩 이루어가는 것은 남편에게도 삶의 가

아내는 선물이다

장 큰 의미이자 가치가 될 것이다. "내가 이러려고 저 사람과 결혼했단 말인가?" 나의 아내로부터 이런 말만큼은 듣지 말고 살아야 하지 않겠는가.

오늘부터라도 당장 시작해 보자. 결혼 전 아내가 소유하고 있었던 따뜻한 마음을 찾아 조금씩 조금씩 더 큰 그림을 그려나가는 아름답고 축복된 삶 말이다. 정말 아내가 하고 싶은 일, 쿵쾅쿵쾅 가슴이 마구 뛰는 벅찬 인생을 살아가기 위해 상상의 날개를 활짝 펴고 더 큰 꿈을 꾸도록 남편이 한바탕 그 일을 만들어 주자. 너무 늦어 버리기 전에 아내가 원하는 그 꿈을 찾아 나서자. 5년 그리고 10년이 흘렀을 때 아내는 결코 후회하지 않을 것이다. 적어도 송두리째 흔들려 버리는 인생은 되지 않을 것이다.

결혼 생활이 꼭 육아와 가사만은 아니다. 또 다른 무엇인가에 나의 인생을 던질 만한 가치가 있다면 그 감정에 충실해야 한다. 그게 무엇이든 상관없다. 모험이 없는 인생은 얼마나 밋밋한가. 인생이란 철저한 준비다. 마음속에 품지 않는 비전은 절대 현실로 나타나는 법이 없다. 더 이상 세상이 움직이는 방향과 속도와는 관계없다. 적어도 내 아내가 집안이나 자신의 세계에만 갇혀 사는 사람만큼은 되지 않게 해야 할 것이다. 인생에서 성공이라는 것이 뭐 거창하고 대단한 것은 아니다. 한 남편의 아내로, 주부로 살아간다지만 자신의 꿈을 조금씩이나마 이루어 나가면서 즐겁고 행복하게 살아갈 수만 있다면 그것이 인생 최고의 성공자인 것이다. 꿈이 있는 아내는 늙지 않는다. 아니, 늙을 시간이 없다.

11.
미리 재산을
반으로 나누어라

"아내에게 미리 재산을 반으로 나누어 주어라."

무슨 뚱딴지 같은 소리냐고 깜짝 놀라는 남편들이 있을 것 같다. 놀라지 말고 설명을 한 번 들어 본 후 놀라든지 하라. A모 씨는 친구의 부탁을 듣고 잠시나마 고민에 빠졌다. 아파트를 담보로 급히 돈을 좀 빌려달라는 것이었다. 아내와 고생하면서 장만한 유일한 재산인 아파트를 담보로 돈을 빌려 달라는 친구에게 A씨는 우선 아내에게 물어봐야 한다고 당당하게 대답했다. 그가 당당했던 이유는 그 아파트 등기가 아내와 공동명의로 되어 있었기 때문이다. 그 사실을 알게 된 친구는 더 이상 돈을 빌려달라고 하지 않았다. 정말 천만다행이었다. A씨는 작년에 아파트 등기를 아내와 공동명의로 해놓기로 마음을 먹었다. 그 이유는 주위의 친구나 친척들이 언제 어느 때 보증을 서달라고 할지 모르니까 아파트를 공동명의로 등기해 두면 여러모로 좋다는 지인들의 이야기를 듣고부터 일을 일사천리로 진행했던 것이다. 결국 아파트를 공동명의로 한 덕을 톡톡히 보게 된 것이다. 주변에 보증 잘못 섰다가 신세 망친 사람들이 의외로 많다는 것을 우리는 너무나 잘 알고 있다. 물론 이 보증 하나 때문에 아내에게 미리 재산을 반으로 나누어 주라는 것은 아니다. 무궁무진한 이유가 있기 때문이다.

아내에게 재산을 반으로 나누고 아파트를 부부 공동명의로 돌리면 정말 좋은 점들이 너무나 많다. 제일 먼저 배우자의 법적 동의 없이 일방적으로 부동산을 처분하기가 어려워 재산을 안전하게 지킬 수 있다. 그리고 한 사람으로 되어 있을 경우에는 소유권을 가지고 있는 사람이 마음대로 팔아치우거나 담보를 잡힐 경우 막을 방법이 없다. 특히 사업을 하거나 도박 같은 것에 연관되어 있는 사람은 언제라도 저당을 잡히고 싶은 유혹에 빠지기 쉽다. 둘째로 사업을 하기 위해 은행에서 돈을 빌리거나 담보 제공을 하는 경우 공동 소유자 두 사람 모두의 동의가 없으면 받아주지 않기 때문에 담보 제공 위험을 사전에 방지할 수 있다. 세 번째로 설사 일이 꼬여 경매를 당한다 하더라도 지분의 절반뿐인 아파트를 낙찰받으려는 사람은 거의 없다. 비교적 싼 값에 부동산을 되찾을 수 있다는 것이다. 마지막 네 번째로, 부부가 동시에 사망하지 않는 이상, 상속세를 절반으로 줄이거나 상속세를 전혀 부담하지 않아도 되는 효과가 있다. 이 얼마나 좋은 일인가? 단, 세금을 탈루하기 위해서 고의로 배우자의 명의로 재산을 돌려놓는 경우에는 불이익이 따른다는 사실을 반드시 명심해야 한다.

그리고 상속세 혜택도 있다. 절대로 무시할 수 없다. 남편 소유의 재산을 사전에 부인에게 증여하면 상속재산이 줄어들게 되므로 당연히 상속세도 줄어든다. 증여세법에서는 배우자간에 증여를 하는 경우에는 3억 원을 공제해 주도록 하고 있다. 따라서 배우자에게는 3억 원의 범위 내에서 증여를 하면 증여세를 내지 않고서도 상속세를 줄일 수 있다. 다만, 사망하기 전 10년 이내에 피상속인이 상속인에게 증여한 재산의 가액은 상속세 계산시 이를 합산하므로 증여의 효과가 없다. 그러므로 상속세를 적게 내기 위한 목적으로 증여를 할 예정이라면 사망하기 전, 10년 이전에 증여를 해야 한다. 미리 아내에게 재산을 사전에 증여하면 당연히 세금을 줄일 수 있는 혜택을 누릴 수 있다.

　　이해하기 어려운 분들을 위해 예를 들어 보겠다. 30억의 재산을 가지고 있으면서 처와 자녀 한 명이 있다 치자. 사망하기 전 10년 이전에 배우자에게 3억 원을 증여하고 사망했다면 상속세 과세표준은 5억8천만 원(상속재산 27억-일괄공제 5억-배우자 공제 16억 2천만 원)이 된다. 이에 대한 상속세는 1억1천4백만 원이다. 하지만 사망하기 전 10년 이내에 배우자에게 3억 원을 증여하고 사망했다면 상속세 과세표준은 10억 원(상속재산 27억+상속 개시 전 10년 이내에 증여한 재산 3억-일괄공제 5억-배우자 공제 15억)이 되며 이에 대한 상속세는 2억4천만 원이 되어 증여를 하지 않은 것과 같다. 결국 1억2천6백만 원을 절약할 수 있다. 왜 마다한단 말인가. 물론 이러한 혜택도 중요하지만 사실은 그것보다 훨씬 더 중요한 것이 있다.

아내는 선물이다

어느 날 남편이 아내를 불러 놓고 "여보, 그동안 당신이 나와 결혼해서 아내로, 엄마로 살아오느라 고생 많았소. 이제 내가 당신의 그 고마운 대가로 재산을 반으로 나누어 당신 이름을 넣어 주겠소." 이렇게 선언한다면 아마 아내는 뒤로 까무러칠 것이다. 재산을 미리 아내에게 반으로 명의이전 해준다는 남편의 말에 아내 입장에서는 꿈인지 생시인지 세상을 다 얻은 것처럼 기뻐할 것이다. 하지만 정말 아내가 기뻐하는 것은 당장의 재산 명의이전도 정말 놀랄 일이지만 이제는 남편이 나를 100% 믿고 인정해 준다는 그 신뢰에 엄청난 감동을 받는다는 것이다. 사랑과 경제는 분리될 수 없다는 논리에 한번 더 놀라는 것이다. 물질이 가는 곳에 마음이 있다는 옛 말, 하나도 틀린 게 없다는 것을 뼈저리게 깨닫게 되는 것이다. 그래서 미리 재산을 반으로 나누어 주라는 것이다. 그렇다. 이것은 내 아내를 정말 내 아내로 인정해주는 것이다. 대단히 인정해 주는 것이다. 그렇게 인정받게 된 아내가 재산의 반을 허투루 마음대로 쓰겠는가? 절대로 그렇지 않다. 차라리 자식에게 미리 재산을 물려주는 것보다는 백배 천배 낫다. 돈이란 무덤에 갈 때까지 갖고 있어야 부모 대접을 받을 수 있는 요상한 물건이다. 살아생전 자식에게 다 줘버리면 오늘 당장 "우리 아버지가 최고야"라는 소리는 한 번 들겠지만 눈치는 영원해져 버린다. 순식간에 아버지는 천덕꾸러기가 될 것이다. 자녀에게 재산 상속은 최대한 늦추어야 한다. 손주들에게 용돈 한 푼이라도 줄 게 있어야 늘그막에 내 몸 돌봐주고 모두가 받들어 준다. 자녀들로부터 받는 대접도 돈이 있어야 받을 수 있다는 어른들의 말씀, 반드시 귀담아 들을 필요가 있다. 훗날, 내가 나이가 들었을 때 그나마 배우자가 옆에 있으면 다행인데 그 중 한사람이 먼저 떠날 수도 있다. 아니면 내 자녀들이 끝까지 부모 곁을 지켜준다면 다행일 텐데 그러지 못할 경우도 얼마든지 있을 수 있다. 설사 자식이 있어도 부모를 끝까지 봉양한다는 보장이 없다. 뒷일은 아무도 모르는 것이다. 그러기 위해서라도 아내에게 미리 재산을 반으로 나누어주는 것은 아주 현명한 방법인 것이다.

인간이 궁극적으로 바라는 것은 행복한 삶이다. 행복한 삶에 대한 열망은 죽는 그 순간까지도 버리지 못한다. 그래서 대다수의 사람들은 "돈이 많으면 무조건 행복할 것이다"라는 첫 번째 논리 속에서 살아가고 있다. 하지만 만약에 돈이 행복을 안겨다 준다면 재벌들은 상상할 수 없는 행복을 누리며 살아가야 할 것이다. 그런데 실상은 전혀 그렇지가 않다. 돈으로 행복을 살 수 있다고 생각하는 사람은 한 번도 큰돈을 가져보지 못한 사람이다. 물론 돈이 어느 정도 삶을 편하고 즐겁게 해줄 수 있는 것은 사실이다. 하지만 사람은 돈이 없어 불행한 것이 아니다. 만족을 모르는 끝없는 욕심 때문에 불행한 것이다. 그럼에도 불구하고 아직도 대다수의 사람들은 '돈이 곧 행복'이라는 공식 속에서 끊임없이 헤매면서 살아가고 있다. 사람이란 그렇다. 돈에 대한 욕심이 많아지게 되면 삶의 균형을 잡기가 굉장히 어려워진다. 하지만 욕심을 버리고 나면 힘들 일이 하나씩 둘씩 사라지게 된다. 그때부터 삶이 편해지는 것이다. 그러므로 남편 혼자서 돈을 다 가지고 있겠다는 것은 결코 행복한 삶이 될 수 없는 것이다.

아내는 선물이다

그리고 한 가지 덧붙이고 싶은 것은 집안의 모든 경제는 가능한 아내에게 맡겨라. 그리고 아내에게 용돈을 타 써라. 이 말에 또 펄쩍 뛰는 남편들이 있을 것이다. 물론 아내를 믿을 수 없다면 불가능하다. 하지만 아내를 어느 정도 믿는다면 과감히 그렇게 하라. 서로 믿지 못한다면 부부가 아니다. 돈은 애정의 척도가 된다. 사랑과 경제는 절대로 분리될 수 없다. 그리고 부부가 가능한한 돈을 사용하는 데 하나가 되어야 한다. 경제적인 결정은 언제나 함께 의논해야 서로에 대한 애정과 신뢰가 싹트는 것이다. 특히 가정경제는 아내에게 일임하여 아내가 보람을 갖게 하는 것이 큰 성공의 지름길이 되는 것이다. 그런 성공의 지름길을 걷는 부부 지인들이 내 주위에는 참 많이 있다.

　　잘 아는 지인 중에 어떤 남편은 평생을 열심히 직장 생활을 했다. 그리고 모든 월급을 아내에게 맡겼다. 아내는 알뜰히 모아 서초에 조그만 아파트 하나를 힘들게 장만했다. 15년 전에 재개발되면서 지금은 15억 아파트가 되었다. 더 열심히 돈을 모으고 전세금을 이리저리 돌려서 마포구에 조그만 아파트 한 채를 힘들게 또 구입했다. 최근 일이다. 상암동에 방송국들이 들어서면서 지금은 58평으로 분양받아 시가가 12억이 넘는다고 한다. 모든 가정경제를 도맡았던 아내가 그 일을 다 했다. 남편이 한 것은 아무것도 없었다. 열심히 직장 생활 한 것, 아내에게 집안의 경제를 맡긴 것밖에 없었다. 물론 운(運)도 따랐지만 아내에게 모든 경제를 맡겼던 그 지인은 은퇴 준비를 대단히 잘해놓은 부부가 되었다. 운이란 그 운을 받아 담을 그릇을 준비한 자에게만 찾아오는 것이다.

또 다른 지인도 직장 생활을 열심히 했다. 하지만 그는 아내에게 생활비만 빠듯하게 주면서 모든 돈을 자신이 관리했다. 동료들과 술도 자주 마시며 폼생폼사로 살았다. 여기저기 기웃거리며 주식도 해보고, 그저 그냥 원없이 살았다. 지금 그에게 남은 것은 수도권에 있는 22평 전세금이 전부다. 그것이 그의 노후 자금이다. 아내에게 가정경제를 맡겼던 한 남편과 아내를 무시하고 자신 혼자 재산을 관리했던 한 남편의 노후 생활은 이제 하늘과 땅 차이가 되어버렸다. 물론 집안의 모든 경제를 아내에게 맡겼다고 모든 아내들이 다 그렇게 재산을 불리는 것은 아니다. 하지만 그래도 그럴 가능성이 많다는 것이다. 가정경제는 아내에게 일임하여 아내가 보람을 갖게 하는 것이 큰 성공의 지름길이 된다는 교훈을 확실하게 보여주는 것이다.

특히 재무 설계를 활용하여 재정 전문가를 통해 구체적으로 계획을 세우는 것이 아주 중요하다. "카더라"라는 말만 믿고 엉뚱한 곳에 투자하였다가는 땅을 치고 후회하게 된다. 부부가 조금씩 나이가 들어가면서는 단 한 번의 실수도 용납되지 않는다. "카더라"라는 말을 믿다가 깡통 차는 남자들이 얼마나 많은지 모른다. 한 번의 실수로 평생을 축적해왔던 재산을 한 순간에 다 날릴 수 있다. 단 한 번의 잘못된 판단이 돌이킬 수 없는 재앙을 초래하는 것이다. 정말 신중에 신중을 기할 필요가 있다. 특히 프렌차이즈라고 무조건 맹신해서는 안 된다. 생각보다 힘들고 수입도 그저 그렇다는 것이다. 모든 재산에 아내의 명의도 올려 경제적인 결정은 언제나 함께 의논하라는 것이다.

각설하고, 남편이 아내에게 재산을 미리 반으로 나누어 준다는 것은 아내가 나보다 경제력이 부족하다는 생각에 힘을 실어주는 것이다. 그것은 부부의 균형을 맞추어 나가는 것이며 그 아내를 결혼 전 순수한 본래의 모습으로 되돌리는 것이다. 그러므로 남편은 아내에게 좀 손해 본다는 느낌으로 살아야 한다. 그리고 나서 하나됨을 추구해야 한다. 부부관계에서 주는 것만큼 빠르고 큰 효과는 없다. 주어라. 이왕 주겠다고 마음을 먹었다면 아낌없이 주어라. 그리고 나 스스로 교만하지 않도록 하라. 옹졸한 철학 안엔 인간성이 존재하지 않는다. 준다는 것은 부부관계를 회복시키는 가장 빠른 지름길이다. 그리고 남편 자신이 가지고 있는 재산에 대해서 가장 깨끗한 삶을 영위하는 것이다.

사람의 일생에는 한계가 있다. 누구나, 언젠가는 죽어야 한다. 꽃다운 젊음도 결국엔 진다. 흐르는 세월에 육체는 무너지게 되어 있다. 그런데 많은 사람들은 죽음의 계산은 전혀 하지 않고 무조건 축적하려고만 한다. 우리의 삶은 잠시 빌린 것이다. 그 돈, 잘 쓰고 가야 한다. 나 혼자 너무 움켜잡고 있으면 관계의 성립이 될 수가 없는 것이 세상의 이치다. 부부도 마찬가지다. 물론 준다는 것이 그렇게 쉬운 일은 아니다. 인간의 노력에서 나오는 것이기 때문이다. 그러므로 계산하고 주게 되면 많은 힘을 소비하게 된다. 자신의 감정의 지배를 받아 주어야 한다. 그럴 때 내 재산의 무게는 잠시 가벼워질 수 있겠지만 행복의 무게는 훨씬 더 무거워진다는 사실이다. 아내를 위해 성취감을 느끼는 나눔도 중요하지만 보람이 있는 뿌듯함을 느끼며 살아가는 것이 훨씬 더 중요하다는 사실을 모든 남편들이 경험하며 살아갔으면 좋겠다.

사랑과 물질은 절대로 분리될 수가 없는 하나의 진리이다. 이처럼 진정한 부부라면 돈을 사용하는 데도 분명 하나가 되어야 한다. 모든 재산의 반은 아내의 이름으로 해 보자. 분명 새로운 가정의 패러다임이 전개될 것이다. 평생을 한 남편과 자녀들을 위해 고생한 아내에게 고마운 대가로 재산을 반으로 나누어 아내의 이름을 넣어 준다면 남편이 나를 100% 믿고 인정해 준다는 그 신뢰에 감동한 아내 역시 남은 평생을 더 열심히 헌신해 줄 것이다. 부부는 노사관계가 아니다. 아내와 이해상관을 따질 필요가 없다. 아내에게 사랑을 느끼게 해 주면 무조건 행복한 부부가 되어 버리는 것이다. 손익만 따지는 사람은 상대의 마음을 얻지 못한다. 아무리 능력이 출중한 남편이라 할지라도 아내의 마음을 얻지 못하면, 즉 믿을 수 있는 사람이라는 신뢰를 얻지 못하면 마음으로 아내의 생각을 바꿀 기회를 얻지 못하고 만다. 유능한 사람보다 믿을 수 있는 남편이 결국 부부의 행복을 만들어 나가는 것이다. 내 이익만을 위해 행동하기보다 진심어린 마음으로 상대에게 아낌없이 줄 수 있을 때 비로소 믿음과 신뢰가 생기는 것이다. 열어라. 아내에 대한 마음과 생각을, 그리고 지갑까지도 아낌없이. 물질이 가는 곳에 마음이 있다는 말, 정말 맞는 말이다. 어차피 빈손으로 돌아가는 인생이다. 미리 아내에게 나누어 주어 멋진 남편이 되는 것, 결코 나쁘지 않을 것이다. 내 아내를 내 아내로 인정해주는 것, 얼마나 행복한 일인가. 지금 이 순간의 행복을 마음껏 누리며 살아가는 축복된 사람이니까 말이다.

아내는 선물이다

12.
아내에게 칭찬을
많이 해 주어라

부부가 안정된 결혼생활을 하기 위한 필수적인 요건 중 하나는 긍정적인 행동이다. 특히 상호간에 칭찬을 해주는 것은 아주 중요하다. 어떤 설문조사에서 "아내로써 남편에게 가장 받고 싶어 하는 것이 무엇인가?"라고 물었다. 당연히 돈이 1위를 차지할 줄 알았는데 의외로 1위를 차지한 것은 남편으로부터 칭찬이었다. 그 다음이 돈이었다. 대부분의 남편들은 아내에게 칭찬하는 것을 별로 중요하지 않을 것이라고 생각하기 쉽다. 하지만 실제로는 아내들이 남편의 칭찬에 상당히 굶주려 있다는 것이다. 남편의 칭찬은 아내에게 가장 필요한 보약이다. 바보 온달도 평강공주의 칭찬이 없었더라면 그냥 그저 그런 바보로 끝났을 것이다. 기분 좋은 칭찬은 마음속 아주 깊은 곳까지 행복을 느끼게 한다.

칭찬 한 가지만 잘해도 꽤 괜찮은 남편이 될 수 있다. 하지만 남자들은 이런 칭찬이라는 감각에 절대적으로 둔한 편이다. 먼저 알아서 칭찬한다면 더없이 좋겠지만 아내가 그런 사인을 보내올 때조차도 잘 눈치 채지 못한다. "여보, 나 오늘 당신 좋아하는 해물전골 끓였어요." 그러면 어떤 남편들은 이렇게 대꾸한다. "왜 돈 필요해?" 이런 바보 같은 남편, 아니면 아무 때나 앞서가는 남편들이 있다. 물론 진짜 생활비가 필요한 이유가 있을 수도 있겠지만, 이때 아내에게 필요한 것은 무조건적인 칭찬 한 마디이다. "그래? 내가 좋아하는 해물전골을? 역시 당신은 최고의 요리사야." 이게 뭐가 그리 어려운가. 칭찬은 고래도 춤추게 한다. 칭찬을 자주 받는 아내와 수시로 야단을 맞는 아내의 행복지수는 그야말로 하늘과 땅 차이다. 아내가 조금만 잘하는 것이 있으면 그것을 확대해서 크게 칭찬해 주자. 이 세상에서 칭찬보다 좋은 약은 없다. 칭찬은 사람들을 기분 좋게 만드는 묘한 마법과 같은 것이기 때문에 부부생활을 보다 풍성하게 만들고, 살아가는 보람을 느끼게 한다. 인간관계에서 상대방을 잘 자극해 동기를 부여하게 되면 그 사람이 갖고 있는 잠재력을 최대한 끌어낼 수 있는 것, 그것이 바로 칭찬이라는 묘약이다.

"칭찬은 무슨 얼어 죽을 칭찬, 하는 꼬라지를 보면 한숨만 나오는데..." 이렇게 아내를 깎아 내리려는 남편들이 가끔 있다. 물론 남편 입장에서는 아내 때문에 때로는 속 터지는 일이 있을 것이다. 왜 없겠는가. 하지만 아내의 입장도 한번 생각해 볼 필요가 있다. 남편 때문에 속 터지는 일이 과연 없었을까? 그 남편은 자신이 아내의 속을 터지게 했던 행동들을 깜박 잊어버렸던 것뿐이다. 본인은 칭찬을 받으면 기뻐하면서도 남을 칭찬하거나 격

　　　　　　　　아내는 선물이다

려하는 데는 인색한 사람이 참 많다. 특히 우리나라 남편들은 서양인에 비해 칭찬에 매우 인색한 것을 볼 수 있다. 그 이유는 남을 칭찬하는 데 인색한 분위기 속에서 자라왔을 뿐만 아니라 남들의 잘한 면보다는 잘못한 것만을 끄집어내려는 묘한 습성을 가지고 있기 때문이다.

남편이 퇴근 후 집에 왔는데 아내가 자녀나 이웃 주민 사이에서 어떤 속상했던 일 때문에 남편에게 하소연을 한다고 가정해 보자. 그런데 남편이 무덤덤해하거나 혹은 아니면 그 일을 해결하려고 하면서 오히려 아내에게 행동지침을 주려고 한다면 아내의 마음은 어떨까. "여보, 나 오늘 단풍구경 다녀왔어" 하는데 "한가해서 좋겠다"라고 핀잔 섞인 말을 한다면 다툼이 생길 수밖에 없다. 그때 아내가 원하는 것은 공감이다. 격하게 공감의 반응만 잘해 주면, 아내는 남편을 '남의 편'이 아닌 '내 편'으로 여기게 되는 것이다. 이런 것들이 부부생활 속의 반응과 칭찬이다. 사랑은 공감이고 표현이다.

결혼하면 '행복 시작, 불행 끝'이라고 믿었던 한 여자가 결혼을 했다. 그런데 막상 살아보니 행복하지가 않았다. 아내에 대한 칭찬은커녕 대화도 별로 없다. 남편에 대한 미운 감정들이 여기저기서 터져 나오기 시작했다. 자연히 부부 사이에 대화가 이루어지지 않았다. 나름대로 꿈꾸던 행복한 가정에 대한 기대가 완전히 무너져 버렸던 것이다. 결국 아내는 살고 싶지 않아서 "어떻게 하면 도망갈까, 어떻게 하면 죽을까?"라고 생각했다고 한다. 심지어 이렇게까지 기도를 했다고 한다. "하나님, 이제 저를 불러가 주세요. 더 이상 살 수가 없습니다." 그리고 금식까지 하며 날마다 엎드려 기도했으나 별 뾰쪽한 방법이 나오지 않았다. 이렇게 3년을 보냈다. 이 사실을 알고 갈등하고 있던 남편이 어느 날 갑자기 이런 생각이 들었다고 한다. 무조건 아내를 윽박지르기보다는 아무래도 작전을 바꾸어야겠다는 생각이 들었다는 것이다. 그리고 그 날 저녁 집에 들어온 남편이 용기를 내어 아내에게 다가가 처음으로 이런 말을 했다. "여보! 힘들지? 두 딸 아이를 키우느라 얼마나 고생이 많소. 정말 고맙소." 이런 단 세 마디의 위로의 말을 건네며 아내의 엉덩이를 한번 툭 쳐주었던 것이다. 그런데 아내가 얼마나 좋아하는지 놀라운 일이 벌어지기 시작했다. 그날 이후로부터 밥상 반찬이 달라졌다고 한다. 그 전에는 멸치 몇 마리에 김치, 고추장이 전부였는데 말이다. 아내는 집도 아름답게 꾸미고 요리강습도 나가 실습한 요리로 푸짐한 상을 차려오기 시작했다. 밤낮 죽고 싶은 여자가 무슨 신이 난다고 맛있는 반찬을 만들 수 있겠는가. 그러나 남편의 다정한 말, 그 칭찬 한마디가 아내를 신바람 나게 만들었으며, 아내의 삶을 완전히 바꾸어 놓았던 것이다. 비로소 가정이 밝아진 것이다. 부산에 있는 한 대형교회 목회자 사모의 이야기다.

그렇다. 사랑은 공감이고 표현이고 칭찬이다. 여자들은 나이가 들면서 남자들보다 우울증에 걸릴 확률이 더 높다고 한다. 웃음은 점점 더 사라지고, 괜스레 슬퍼지고, 사람들 만나기가 싫어지고, 자신감은 부족해지고, 매사에 부정적인 생각에 빠져 들기도 한다. 잘 나간다는 친구들을 만나 수다라도 떨다 보면 괜히 남편이 더 얄미워

아내는 선물이다

진다. 때론 남편이고 뭐고 다 귀찮아지고 정말 "내 청춘 돌리도, 인간 아!"라는 말이 목구멍에서 터져 나올 때가 한두 번이 아닐 것이다. 가는 세월 지는 청춘이 그저 야속할 뿐이다. 그럴 때 남편이 표현을 많이 하는 것은 아내에게 엄청나게 큰 활력소가 되는 것이다. 사랑한다고, 고맙다고, 잘못 한 것 있으면 미안하다고. 그래야 아내는 남편의 마음을 알고 응어리가 풀어지는 것이다. 사랑은 표현이다. 무조건 표현해야 하는 것이다.

부부간의 사이가 아무리 별로라고 할지라도 그래도 칭찬할 만한 장점 한두 가지는 다 가지고 있다. 남편은 그것을 공략해야 한다. 그 장점을 사람들 앞에서나 공적인 자리에서 직접 또는 간접적으로 무조건 칭찬해 주는 것이다. 칭찬을 싫어하는 아내는 이 세상 어디에도 없을 것이다. 그 한마디의 칭찬은 열 마디의 비난보다도 더 큰 위력이 되어 곧 남편에게 돌아오게 된다. 특히 가까운 사람들 앞에서 칭찬을 해주면 누구나 표현할 수 없는 감격을 느끼게 되는 것이다. 그로 인해 부부 사이는 자연스레 더 좋아지게 되는 것이다. 결혼 생활이 그렇다. 처음에는 신바람 날 수 있지만 육아와 가정 일에 이리저리 치이다 보면 여자들의 마음은 많이 상하게 된다. 이럴 때 못난 남편이 자꾸 가르치려 든다면 아내는 결국 폭발해 버린다. 바람에 흔들리지 않는 꽃이 없다 하지만 너무 심하면 꺾어져 버린다는 사실을 남편은 알아야 한다. 아내가 다 감당하지 못하고 부족한 것이 있더라도 지금 잘하고 있는 것을 골라 자꾸 칭찬해 주며 존중해 주어야 한다. 아내가 한 일을 인정해 주고 격려해 주면 아내로서는 사랑받는다는 그 자체가 힐링이 되어 버리는 것이다. 아내를 칭찬하는 데 남편을 비방할 아내는 이 세상 그 어디에도 없다.

여성들은 청각을 통해서 사랑을 느끼는 존재다. 그러므로 늘 따뜻한 말과 달콤한 속삭임이 필요하다. 때로는 '유체이탈 화법'도 필요하며 '아무 말 대잔치'도 괜찮다. '아재 개그' 같은 것도 정말 좋다. 항상 따뜻한 눈길로 바라봐 줘야 한다. 화장을 했을 때에는 예쁘다고 말해주라. 부드럽게 안아주면 아무리 드센 아내라 할지라도 어느 순간 부드럽고 사랑스러운 여자로 서서히 바뀌어 버린다. 특히 외출할 때 아내가 예쁘게 꾸미면 아낌없는 찬사를 보내라. 설사 좀 덜 예쁘더라도 "당신 요즘 점점 더 예뻐지네"라고 말이다. 뻔한 말인 줄 알면서도 아내는 기뻐하고 좋아한다. 쫓겨나고 싶으면 "많이 늙었네"라고 말하면 된다. 사랑은 표현이다. 표현하지 않는 사랑은 사랑이 아니다. 정말 부부라면 하루에 세 번 이상은 반드시 사랑한다고 말해야 한다. 사랑한다고 말하는데 "이 사람 미쳤나?"라고 말할 아내는 이 세상에 없다. 부부가 하루에 단 한 번도 사랑한다는 말을 안한다면 사랑하는 부부가 아니다. 그냥 의무적으로 살아가는 부부이다. 백 날 천 날 아내에게 사랑한다는 말 한번 안해 주면서 "내가 니 사랑하는 것 다 알제?" 이렇게 착각하는 남편들이 있다. 알기는 뭘 아나, 말을 안하는데. 아내가 귀신인가? 가끔 이런 남편들도 있다. "남자는 사랑을 마음속으로 하는 거지 입으로 하는 게 아니야." 말 같지도 않은 말이다. 마음에만 담아두고 표현은 안하는 사람들, 어디를 가도 인정 못받는 사람들이다. 이제는 그런 시대가 되었다.

아내는 선물이다

천만 번 또 들어도 기분 좋은 말은 "사랑해"이다. 그 "사랑해"라는 말을 입밖으로 꺼낼 때 아내가 안다는 것이다. 사랑은 보약과 같은 것이다. 사랑한다고 말하면 할수록 보약을 한 재 먹은 것처럼 부부는 건강해질 수밖에 없다. 사랑하는 아내는 내가 만들어 나가는 것이다. "사랑해." 이 말 한 마디가 이 세상 모든 부부들의 갈등을 푸는 마법의 열쇠가 되는 것이다.

좀 외람된 이야기지만 여자는 분명 남자와 체질적으로 다르기 때문에 칭찬을 받지 못하면 몸이 쑤시는 사람들이다. 그래서 대부분의 여자들은 남편이 유순한 마음가짐으로 아내를 대하는 것을 좋아한다. 여자에게는 최고의 명품백보다 자신만을 최고로 위해 준다는 마음이 중요하다는 것이다. 그런데 그것도 모르고 많은 남자들은 칭찬하는 표현이 부족하여 쉬운 금품으로 때우려는 남자들이 있다. 명품백 하나면 다 되는 줄 안다. 그게 아닌데 말이다. 아내들이 남편들로부터 가장 듣고 싶어 하는 한 마디의 말은 정말 뻔하다. 그것은 "역시 당신이 최고야" 같은 이런 칭찬 한마디뿐이다. "옆집의 철수 엄마는 어쩌고, 저쩌고," 이런 말은 일생에 도움이 되지 않는다. 이혼하고 싶으면 그런 말 매일 해도 상관없다. 칭찬은 칭찬을 부르고 사랑은 사랑을 촉진시킨다. 칭찬과 함께 반드시 아내를 아내로 존중하고 있다는 것을 자주 보여 주어야 하는 것이다.

많은 남편들이 아내가 죽었을 때 관을 붙들고 통곡하며 후회하는 이유는 평소에 아내에게 사랑한다는 말을 제대로 하지 못했기 때문이다. 그때 가서 아내의 관을 붙잡고 "여보, 내가 당신한 테 꿀릴까봐 사랑하면서도 사랑한다고 말 한 마디 못했던 것 미안해, 미안해..." 대성통곡 해 보았자 다 부질없는 짓이다. 평생의 내 가슴속 짐으로만 남게 되는 것이다. 부부의 마지막 여정은 슬픔과 통곡의 자리가 아니라 축복의 자리가 되어야 한다. 부부란 공적 또는 사적으로 표현해 주는 칭찬을 먹으며 행복을 키워가는 관계다. 후회하지 말고 사랑한다고, 정말 고마운 아내라고 칭찬하는 말을 자주 해주자. 칭찬에 익숙한 여자는 늙지 않는다. 늙어도 예쁘게 늙어 간다. 그리고 그 칭찬이 당신의 가정을 천국으로 만들어 나갈 것이다.

아내는 선물이다

13.
아내의 건강에
많은 관심을 가져라

　지금 한국은 급격한 출산 저하와 기대 수명의 연장, 그리고 현대문명의 발달 등으로 인해 초고령화 사회가 되어 가고 있다. 사회적으로는 조로(早老)하지만 생체적으로는 장수하는 시대가 되어 버린 것이다. 물론 평균 수명이 길어진 그 자체는 참 좋은 일이지만 문제는 건강도 그만큼 받쳐 주느냐다. 무조건 오래 산다고 축복이 아니라 건강하게 오래 살아가는 것이 축복이라는 것이다.

　부부가 함께 살아가다가 한 사람이 병이라도 걸리게 되면 그야말로 집안이 엉망이 되어 버린다. 일단 아내가 아프기 시작하면 그에 따라붙는 힘든 일은 한두 가지가 아니다. 상황에 따라서는 환자보다 더 힘든 간병인이 되어야 한다. 뿐만 아니라 순식간에 찾아오는 사회적 고립은 이루 말할 수도 없이 남편을 괴롭게 만들어 버린다. 말 그대로 삶의 리듬이 다 깨어져 버린다. 아내가 건강해야 사랑도 하고, 싸움도 할 수 있는 것이다. 행복도 '그대 있음에 내가 있는 것'이다. 특히 부부가 4, 50대로 접어들면서 재테크에 너나없이 관심을 가지다 보니 건강관리는 재테크에 밀려나고 만다. 특히 아내의 건강을 소홀히 해 치매나 뇌졸중 같은 병이 갑자기 찾아온다면, 혹시나 암이라도 걸리게 된다면 견딜 수 없는 엄청난 고통을 안겨다 준다. 결국 그 고통은 남편이 고스란히 떠안아야 하는 것이다. 안타까운 일이지만 아내가 병원에서 큰 병으로 한 달만 입원해보면 뼈저리게 느끼게 될 것이다. 건강이야말로 아내에게 최고의 투자다. 좀 힘들더라도 건강한 식습관과 함께 아내와 함께 꾸준히 운동을 하도록 노력해야 한다. 젊은 부부도 마찬가지다. 가능한 서로가 건강하게 늙어가야 하는 것이다.

꾸준히 걷기운동만 열심히 해도 수명을 4년까지나 연장시킬 수 있다고 하는데, 나이가 40대, 50대로 넘어가면서도 부부가 운동도 안 하면서 오래 살겠다고 하는 분들, 참 깡도 좋은 분들이다. 특히 남편들, 담배까지 피우면서도 건강하게 오래 살겠다고 하는 분들, 정말 대책이 없다. 인생 100년이라고 여기저기에서 말들은 하는데 도대체 100세까지 살 방법이 없다. 정말이지 아내와 함께 규칙적인 운동을 해야 한다. 오늘 당장 아내의 손을 잡고 밖으로 나가 함께 걷는 운동이라도 해야 한다. 반드시 헬스클럽을 가지 않아도 된다. 아침 저녁으로 신선한 공기를 마시며 집 근처를 산책하거나 학교 운동장을 뛰면 된다. 그동안 보지 못했던 아내의 환한 웃음이 남편을 반길 것이다.

이름만 대면 다 알 수 있는 모 그룹 회장이 어느 날 중환자실

아내는 선물이다

에서 수술을 받게 되었다. 마취하기 직전 그 회장은 수술을 집도하는 의사에게 이렇게 말했다.

"선생님, 저는 이 세상 모든 것을 남부럽지 않게 가지고 있습니다. 돈도, 명예도, 심지어 권력마저도 있습니다. 저는 이 세상 그 누구도 부럽지 않습니다. 그러나 건강 하나만은 가지고 있질 못합니다. 선생님! 어떻게 하든지 저를 일 년만 더 살게 해 주십시오. 그러면 저의 재산 반을 당신에게 드리겠습니다."

신음하듯 힘들게 말한 회장에게 의사는 이렇게 말했다.

"회장님, 회장님은 건강 하나를 못 가진 게 아니라, 건강과 더불어 모든 것을 잃어버렸습니다. 건강 없는 물질이 무슨 소용이 있으며, 건강 없는 명예와 권력이 무슨 소용이 있단 말입니까?"

그렇다. 건강 없는 몸뚱아리가 무슨 의미가 있단 말인가. 건강만큼 중요한 것은 이 세상에 아무것도 없다.

그래도 대부분의 아내들은 이것저것 음식을 통해서라도 남편의 건강을 잘 챙겨주는 편이다. 하지만 남편들이 아내의 건강을 잘 챙겨주는 사람은 그리 많지가 않다. 아내가 남편의 건강을 챙기는 만큼 남편도 아내의 건강을 챙겨주어야 한다. 삶의 목표는 성공만이 아니다. 풍성한 행복이다. 그 행복을 누리기 위해서는 아내의 건강은 필수이다. 아내의 건강관리를 위해서는 남편 스스로가 힘을 써야 하고 노력해야 한다.

누구나 그러하듯이 세월이 지나가면서 늘어나는 것은 약 봉지뿐이다. 특히 여자는 나이가 들어가면서 자주 아프고, 많이 아프다. 왜 그럴까? 여자들의 가사 노동은 해도 해도 끝이 없다. 홀로 감당해야 하는 무게감은 실로 엄청나다. 뭐가 그렇게 힘드냐고 야속하게 묻는 남편들도 있다. 참으로 무심한 남편이다. 아이 낳는 것은 어떤가. 남자들은 죽었다 깨어나도, 아니 직접 낳아보지 않고는 도저히 이해할 수 없는 것이 산모의 고통이다. 출산하다가 죽는 여자들도 있다. 사람마다 조금씩은 다르지만 여자들은 40여 년 가까이 생리통을 앓으면서 피를 흘린다. 그렇게 피를 흘리고도 여자의 몸이 정상이라면 오히려 그게 비정상이다. 남편이라면 요 정도까지는 좀 알고 있어야 한다.

그렇다. 여자들은 나이 들면서 여기저기 아플 수밖에 없다. 그런데 아내가 아프다고 하면 짜증부터 내는 남편들이 있다. 절대로 그렇게 해서는 안 된다. 아내가 아파할 때 무관심하면 그 섭섭함은 평생을 간다. 그러므로 먼저 아내의 건강에 지극 정성 신경을 써야 한다. 우울한 마음을 위로하고, 핀잔이나 불평은 무조건 접어야 한다. 아내의 건강을 위해 수시로 좋은 영양제를 사다 주는 것, 아내의 생일이나 결혼기념일에 종합검진을 선물해 건강을 챙겨 주는 것 등은 정말 중요하다. 보통 아내들은 가족들이 걱정할까봐 아파도 아프다는 내색을 잘 하지 않는 경우가 많다. 평소에 남편이 아내의 몸 상태를 살펴보거나 자주 물어보아야 한다. 만일 아내가 아프다고 하면 호들갑을 떨어야 한다. 얼른 약국에 가서 약을 지어 오거나 병원으로 데리고 가야 한다. 남편의 정성을 봐서라도 아내는 금방 일어나게 된다. 절대로 남편에 대한 섭섭한 마음이나 후유증은 생기지 않는다. 부부의 꿈이 저 혼자만의 꿈이 되어서는 안 된다. 특히 아름답게 나이 들어가면서는 육체의 건강과 생각과 감정을 함께 공유하는 방법을 서로가 깨우치며 살아가야 하는 것이다. 누가 뭐래도 남편이 나이 들어가면서 남는 것은 아내밖에 없다. 결국 부부밖에 없다는 것이다. 아무리 자식이 효도를 한다 해도 절대로 아내만큼은 할 수 없다는 사실을 반드시 명심해야 한다. 자식들에게 기대겠다는 생각도 해서는 안 되지만 자식이 부모의 노후대책을 책임져 줄 것이라 100% 믿어서도 안 된다. 설마가 사람 잡는다는 말, 절대로 남의 이야기가 아니다. 자식들이 도와주면 좋고 안 도와주면 말고, 그런 넉넉한 마음을 가져야 한다.

특히 부부는 운동뿐만 아니라 즐거운 취미생활을 반드시 함께 해야 한다. 부부가 따로 놀아서도 안 된다. 남편은 등산 가고, 아내는 집에 있고, 남편은 낚시를 가고 아내는 계놀이 하러 가고, 절대로 그래서도 안 된다. 꼭 같이 등산, 낚시를 가야 한다. 가사생활도 함께 협력하면서 음악 사랑도 함께 해야 한다. 특히 노래를 부르며 흥겹게 춤을 많이 추면 큰 운동이 된다. 노래와 춤은 마음을 즐겁게 해주는 최고의 보약이다. 특히 우울증 예방에 굉장히 좋다고 한다. 치매와 정신건강에도 단연 최고이다. 노래를 부르고 춤을 출 때는 다 소년 소녀 같은 감정을 가지게 된다. 나이가 들어가면서 행복은 현재에 만족하는 잔잔한 감정에서 나오기 때문에 그렇다. 절대적으로 행복하게 살 수 있는 비결이다.

운동하기 싫다고 하루종일 빈둥빈둥 집에서 TV만 보는 사람들이 있다. 하루종일 TV만 보면서 인생의 아까운 시간을 보내는 것은 정말 슬픈 일이다. TV가 건강과 인생의 여가를 행복으로 만들어주지 않는다. 내 삶에 긍정적인 영향을 미치지도 못할 뿐만 아니라 결코 삶의 질을 향상시켜 주지도 못한다는 것이다. 하루 4시간 이상 TV 앞에서 시간을 보낸 사람이 하루 2시간 이하로 TV를 보는 사람보다 사망률이 46%나 더 높았다는 심각한 연구보고서가 있다. 특히 신체 활동이 줄면서 비만해지기가 쉽고 고혈압, 당뇨병, 심장병 등에 걸릴 위험이 훨씬 더 높아진다고 한다. 장시간 TV 보기는 건강에 심각한 해가 된다는 것이다.

삼삼오오 짝을 지어 즐겁게 놀러 다니며 많이 걸으면 좋다. 즐겁게 걷는다는 것은 곧 행복하다는 것이다. 특히 건강을 잘 유지하기 위해서는 자신 스스로를 잘 대접해야 한다. 맛있는 음식을 통해 폭풍처럼 밀려오는 혀끝의 짜릿한 감동을 많이 느껴야 한다. 돈 몇 푼 때문에 벌벌 떨지 말고 먹고 싶은 것 있으면 가능한 사먹고 즐거워하는 마음을 가져야 한다. 즐거운 것보다 건강에 더 좋은 것은 없다. 정신건강이 그만큼 중요하다는 것이다. 그럴 때 건강도 유지할 수 있는 것이다. 그리고 은퇴자는 실업자가 아니다. 평생을 열심히 살았으니 좀 쓰고 놀 자격이 충분히 있는 분들이다. 돈을 좀 써야 한다. 자신을 위해 선물도 해야 한다. 죽을 때 돈 갖고 가는 사람, 아직까지 한 사람도 못 봤다. 나 자신을 위해, 특히 배우자를 위해 많이 써야 한다. 그리고 많이 베풀면서 살아야 한다. 베푸는 것이 정신건강에는 최고이다.

특히 건강을 위해 옛 친구들을 많이 만나라. 삶의 여유만큼 중요한 것이 친구이다. 옛 동창도, 옛 동료도 많이 만나야 한다. 그 만남의 관심은 단지 모여서 먹는 것만이 아니다. 추억과 동심으로 돌아가는 정신건강의 회복이다. 인생을 살아가면서 주위에 밥 한번 먹자는 사람이 많아야 한다. 서로의 정과 사랑을 나눌 수 있는 가장 좋은 방법이다. "내일 시간 있어? 커피 한잔 해야지? 밥 한번 먹어야지?" 그런 전화를 자주 주고받아야 한다. 그럴 때 덜 외롭다. 육체의 건강이 곧 정신건강까지 이어지는 것이다. 어떤 요양원에서 100세 이상 노인 13명의 합동 생일잔치가 열렸다. 그들의 소감과 소망을 듣는 시간이 있었다. 이들이 입을 모으며 말하는 압도적인 장수 비결은 "즐겁게 사는 것과 친구들과 함께 시간을 많이 보내는 것"이라고 말했다. 그렇다. 나이가 들어간다는 것은 죽음과의 거리를 단축하는 것이다. 나이가 들어가면서의 시간 흐름은 세상을 떠난다는 의미를 각인시킨다. 연약한 신심 (身心)은 그러한 말년을 더욱 파고든다. 친구들을 만날 수 있는 기회를 놓쳐서는 안 된다. 그와 같은 기회는 시간이 지날수록 줄어들기 때문이다. 부르는 곳이 있으면 열심히 가야 한다. 불러 주었는데도 잘 안 가는 사람이 있다. 그 다음에는 아예 부르지도 않는다. 세월은 친구들을 찾아갈 시간들을 그리 많이 남겨두지 않는다는 것이다.

특별히 아내들이 가장 잘 걸릴 수 있는 우울증으로부터 아내를 보호해야 한다. 우울증은 아내가 남편과 별다른 대화를 나누지 않는 데서 가장 많이 발생한다. 아내가 우울증을 앓고 있는 것 같다고 말했을 때 남편이 별일 아닌 것처럼 웃어넘겼다면 아내는 심각한 존재의 위기를 느끼게 된다. 그것도 아내의 고통스러워하는 면전에서 말이다. 아내가 자신이 남편에게 별로 중요하지 않은 존재라는 것을 알게 되는 순간 모든 것은 끝난다. 아내가 이야기를 하면 긍정적으로 수용하고 공감의 태도로 무조건 받아주는 것이 아내 건강의 지름길이다. 우울증 치료의 지름길이기도 하다. 따라서 아내와 많은 대화를 나누어 스트레스가 쌓이지 않도록 옆에서 도와주어야 한다. 남편과 대화를 많이 나누는 아내는 절대로 우울증이나 화병(火病)에 걸리지 않는다. 대체적으로 부부의 관계가 좋지 않은 사람들의 아내가 우울증에 잘 걸리는 편이다. 우울증으로 아내의 건강이 무너지면 도대체가 무슨 방법이 없다. 가정의 모든 것이 다 무너져 버린다. 지금 아내가 병원에 있지 않고 언제든지 햇빛을 보며 살아 갈 수 있다는 것이 얼마나 큰 축복인지 그때 가서야 깨달으면 이미 너무 많이 늦어버렸다는 것이다. 아내가 내 옆에 건강하게 있는 것만으로도 감사해야 할 이유가 충분한 것이다.

결론적으로 말하면 아픔만큼 괄시받는 것이 건강이다. 냉정한 현실이다. 사람은 나이가 들어가면 서럽다. 외롭고 쓸쓸하다. 그리고 여기저기 자주 아파 온다. 그러므로 장수가 축복이 될 수도 있지만 건강 준비를 제대로 해 놓지 못하면 재앙이 될 수도 있다는 사실이다. 의도치 않게 낙오된 삶의 시작이 될 수 있으며, 자칫 인간관계를 차단시키고 스스로 고립시키는 결과를 초래할 수 있는 것이다.

건강을 잃은 삶이 무슨 의미가 있으랴. 하지만 그때 가서도 내 곁을 한결같이, 그리고 끝까지 지켜주는 동반자는 무조건 내 아내이다. 그건 아내가 건강해야만 가능한 일이다. 특히 남편들은 나이가 들면 들수록 아내한테는 고개 숙이면서 살아가야 한다. 그것이 남자들의 숙명이다. 이제부터는 여자의 세계에서 살아가야 한다는 마음가짐을 가져야 한다. 젊은 시절에는 아내의 행복이 남편에게 달려 있었지만 나이가 들어서는 남편의 행복은 무조건 아내에게 달려 있다. 아내에게 왜 잘 해야 되느냐고 묻지도 따지지도 말라. 득 될 게 하나도 없다. 언제 하늘나라로 떠나갈지 아무도 모르는 것이 우리의 인생이다. 아내가 두 손을 가슴에 얹는 순간 모든 것은 끝나 버린다. 억겁의 시간이 흘러도 되돌릴 수 없다. 아내를 잃은 후의 삶이 무슨 의미가 있겠는가? 아내는 남편의 또 하나의 반쪽이다. 하지만 오래된 아내는 남편의 또 하나의 반쪽이 아니다. 그냥 하나다. 매 순간순간마다 아내를 소중하게 대해줘야 한다. 아내와 함께 살아 숨쉬는 동안에는 아내의 건강에 모든 것을 집중해야 할 이유가 바로 그것이다.

우리는 3일만 병원에 입원해 보아도,
건강이 얼마나 소중한지를 뼈저리게 깨닫게 될 것입니다.
중환자실 긴 복도 의자에 환자의 가족으로 앉아 있는 옹색한 나 자신을 보게 될 것이며,
갑자기 병원 분위기에 숙연해지며 괜스레 눈시울이 뜨거워질 것입니다.
흡사 패잔병같이 어두운 표정으로 변해 버릴 것입니다.

인간의 한없는 나약함을 보게 될 것이며,
비로소 삶에 대한 의욕과 인간의 소중함을 깨닫게 될 것입니다.

생명에 대한 경외심과 경이로움도 함께 알게 될 것입니다.

생명의 소중함을 지키려고 처절하게 발버둥치고 있을 나 자신을 보면서,
생각나는 것은 딱 하나뿐일 것입니다.
빨리 건강을 회복하여 가족들과 함께 시간을 보내는 일,
그리고 부부의 소중함이 얼마나 귀한지를 알게 될 것입니다.

14.
아내에게
대화의 상대자가 되어 주라

　모든 부부들은 다 행복하기를 원한다. 하지만 그 행복이 누구에게나 찾아오는 것은 아니다. 행복은 원하는 것이 아니라 내가 찾아나서는 것이기 때문이다. 그렇다면 우리의 삶을 풍요롭게 해주며 환한 빛을 비추어주는 행복은 어디에서 오는 것일까? 그것은 사랑하는 삶에서 오는 것이다. 그렇다면 그 사랑하는 삶은 어디서부터 시작되는 것일까? 그것은 바로 대화에서부터다.

　침묵은 금이다. 맞는 말이고 좋은 격언이다. 하지만 부부 사이에서 침묵은 독(毒)이다. 부부간의 대화 단절은 가정을 얼어붙게 만들고 부부 사이를 냉각시켜 버린다. 결국엔 이혼에 이르게 하는 사유가 될 수 있다. 특히나 스트레스와 갈등이 많은 현대사회에서는 부부간에 끊임없이 소통하는 것이 얼마나 중요한지 모른다.

　남자와 여자는 달라도 너무 다르다. 대부분의 남자들은 일 중심적이다. 그래서 결과를 아주 중요시한다. 하지만 여자들은 관계 중심적이어서 결과보다는 과정을 중요시하는 편이다. 남자들은 시각이 발달되어 대체적으로 보이는 것에만 반응을 보이지만 여자들은 청각이 발달되어 다정다감한 말을 듣기 좋아한다. 상대방과의 대화를 통해 인정받기를 좋아한다는 것이다. 남편이 먼저 아내에게 말을 거는 대화를 시도해야 한다. 아니면 아내가 대화를 시도해 오면 남편은 무조건 더 많은 대화로 맞장구 쳐주어야 한다. 행복한 부부가 되기 위한 필수적인 조건이다.

부부지간에 보이지는 않지만 가장 무서운 것이 대화를 하지 않는 것이다. 이혼의 가장 큰 이유가 되는 것도, 대부분 외도의 원인도 거의 다 소통 부재에서 발생한다. 남성들은 육체적인 사랑의 부족으로 외도를 한다고 하지만 대부분의 여자들은 표현을 통한 사랑을 원한다. 소통 부재는 결국 외도를 통해 타인과 소통하게 만드는 것이다. 그러므로 부부가 대화를 통해 모든 불안감을 해소해 나갈 때 외도를 막을 수 있다. 서로의 불완전한 부분도 대화를 통해서 좀 더 이해하게 된다. 한 마디로 대화가 없는 부부치고 행복한 부부는 이 세상에 단 한 가정도 없다는 것이다.

직장 생활과 가사 일을 겸하며 바쁘게 살아가는 아내도 있겠지만 대부분의 아내들은 육아와 함께 끝도 없는 집안일을 하면서 퇴근하는 남편 오직 한 사람만 기다리며 저녁상을 준비한다. 그런 아내로서는 저녁에 돌아오는 남편과 얼마나 오순도순 이야기하고 싶겠는가. 그런데 남편은 피곤하다는 이유 하나로 소파에서

아내는 선물이다

TV나 보다가 지쳐 잠들어 버린다. 하루종일 대화 상대자가 없어 지금 아내의 입안에는 곰팡이가 피어 있는데 남편은 아내의 마음을 전혀 몰라준다. 너무 관심이 없다. 그저 돈만 벌어 주면 남편 일 다 한 줄 착각한다. 그게 아닌데 말이다. 대다수의 아내가 받고 싶어 하는 것은 남편의 큰 선물이 아니다. 마음이고 사랑이고 따뜻한 대화이다. 아내는 남편과 대화할 때가 세상에서 가장 편안하고 행복한 시간이다. 그런 아내를 편하게 해주어야 하는데 지금 내가 아내를 힘들게 하고나 있지는 않은가 돌아봐야 한다. 분주한 시간 속에서도 소파 속에 파묻혀 TV만 보지 말고 의도적으로 시간을 내 얼굴을 마주보며 대화하는 시간을 지속적으로 가져야 한다.

인구보건복지협회가 전국 기혼 남녀 1002명을 대상으로 설문조사를 했는데, 부부 3쌍 가운데 1쌍은 하루에 30분도 채 대화를 나누지 않는다는 것이다. 부부간에 소통이 없이 평화스럽게 평생을 살아간다는 것은 불가능한 일이다. 실제로 대화가 원활하지 못한 부부는 15년 이내에 이혼할 확률이 94%나 된다는 연구 결과도 있다. 부부간에 대화가 없는 가정은 언젠가는 깨어진다는 경고다. 사람들은 누구나 사랑을 주고받으며 함께 많은 대화를 나누고 싶어 한다. 그래서 누군가와 연결, 혹은 누군가에게 속해 있다는 느낌을 가지고 싶어 한다. 특히 배우자에게는 자신의 모든 것을 드러내고 싶은 그런 관계를 기대한다. 그러나 그것이 만족되지 못할 때 다른 곳에서 탈출구를 찾는다. 부부끼리 대화로 서로의 상처를 치유하지 못하면, 결국 이혼 도장을 찍게 되는 것이다. 아니면 이혼이나 다름없는 '보이지 않는 이혼'으로 평생을 고통 속에서 살아가게 되는 것이다. 그런 의미에서 정말 중요한 것은 진심어린 소통이다. 부부관계에서 소통만큼 중요한 것은 없다. 진심어린 소통은 무한한 감동을 만들어 나가기 때문이다. 소통의 목적은 공감대 형성이다. 그리고 하나 됨의 능력이다. 사람은 상대방의 마음 씀씀이를 많이 느낄수록 행복해진다. 술자리에서 맥주가 익어가면서 자연스레 취기가 퍼지는 것처럼 순식간에 서로의 연결고리가 있음을 느끼게 되는 것이 소통이다.

　나는 아내와 함께 대화를 참 많이 하는 편이다. 사실은 너무 많이 하는 편이다. 거의 매일이다. 한번 대화를 하면 저녁을 먹으면서 서너 시간은 기본이다. 많이 할 때는 대여섯 시간을 할 때도 있다. 물론 저녁식사와 함께 와인을 한잔 정도 하면서 말이다. 특히 부부가 대화할 때 와인을 한잔씩 하는 것이 정말 좋다고 한다. 내 말이 아니라 많은 심장 전문의들이 한 말이다. 그때부터 나도 아내와 함께 가끔 와인을 한잔씩 마신다. 여성은 와인 한잔을, 남성은 와인 한두 잔을 일주일에 두세 번 마시면 수명이 2년 정도 길어진다고 한다. 나도 수명이 길어지고 싶다. 때론 와인 한잔 정도 하면서 부부가 대동단결을 해야 한다는 것이다. 하지만 그것보다도 부부간의 가장 좋은 대화의 매개체가 될 수 있기 때문이다. 말은 실체가 없으면 그냥 소리에 불과하다. 아내와의 많은 실체를 만들어 나가기 위해서 대화를 하는 것이다. 그냥 서로의 감정 변화를 읽으면 되는 것이다. 서로에 대한 속내 이야기, 자녀와 가정에 대한 이야기, 살아온 추억과 미래에 대한 이야기 등 수많

　　　　　　　　　　　　　　　　　아내는 선물이다

은 주제에 대한 이야기를 하다 보면 기본 서너 시간은 훌쩍 넘어 버린다. 물론 쓸데기 없는 이야기도 많이 한다. 무슨 할 이야기가 그렇게도 많으냐고 묻는 사람도 있겠지만 그건 부부간의 대화를 제대로 안하는 사람들이나 하는 질문이다. 그런 사람들은 우리 부부를 이해할래야 할 수가 없다. 부부간의 대화를 많이 하는 사람들은 부부간의 상처와 갈등이 생길 시간이 없다. 이혼은 다른 세상에서나 나오는 말이다.

물론 대화를 통해 부부관계를 변화시키는 것이 그리 쉽지는 않을 것이다. 부부끼리 마주 앉아 말하는 것 자체가 어색하거나 손발이 오골거리는 느낌을 받는 부부도 많이 있을 것이다. 하지만 어차피 부부가 되었다면 서로의 대화를 통해 상대방의 내면을 99.9%까지 이해할 수 있는 그런 경지까지 들어가야 한다. 그 정도는 되어야 부부라고 떳떳이 말할 수 있다. 대화의 기본은 자신의 관점이 아닌 상대방의 관점에서 바라보는 것이다. 아내의 모든 입장을 인정해 주고 공감해 주는 것이다. 그렇다고 그것이 나를 포기하는 것을 의미하진 않는다. 그저 남편의 입장에서 최대한 아내를 이해할 수 있는 정도까지만 가면 되는 것이다. 뭐 성인군자가 되라는 것이 아니다. 언제나 남편이 먼저 부드러운 말로 대화를 시작해 주고, 상대방의 실수에 관대하겠다는 마음가짐을 가지면 되는 것이다. 부부의 연대감을 쌓아 나가는 것이 부부간의 소통이다. 대화를 통해 상대방의 감정을 실제로 느끼고 경험하는 것, 그것이 바로 부부인 것이다. 평화로운 가정을 위한 기본이다.

부부란 성장 배경과 가치관이 분명 다른 두 사람이 함께 생활을 해 나가는 것이다. 갈등이 생기는 건 당연하다. 그것도 영속적인 갈등이다. 그러므로 행복한 부부와 불행한 부부의 차이는 갈등의 숫자가 아니라 대화의 숫자다. 대화로 그 갈등을 어떻게 풀어나가는가에 달려 있는 것이다. 그런 의미에서 부부 갈등의 근본적인 해법은 끊임없는 소통밖에 없는 것이다. 다른 정답은 없다. 대화는 깊은 만남을 통해 서로가 깊은 관계를 맺도록 안내한다. 따라서 대화를 통해 어떠한 갈등 속에서도 새로운 안전지대를 만들어 갈 수 있는 것이다. 따뜻한 말 한 마디가 그만큼 중요한 것이다. 부부간의 대화를 통해 서로의 신뢰 속에서 존재의 근본이 바르고 깊으면 다른 것들이 좀 부족해도 부부는 얼마든지 행복할 수 있는 것이다. 좀 어색하더라도 자주 아내에게 고마움이나 애정을 표현해야 한다. 앞날의 계획이나 지난날의 추억을 이야기하며 먼저 다가가는 노력을 해야 한다. 사랑은 저절로 무럭무럭 자라는 게 아니다. 사랑도 연습해야 한다.

　　좋은 부부관계란 "함께 거한다"는 의미도 있지만 의식을 나누는 것이다. 의식이란 상대방의 지식과 감정, 그리고 의지 등 모든 일체를 말한다. 그런 의식을 대화를 통해 나누는 것이다. 다시 말해 우리 인간만이 가지고 있는 특유한 심리적 활동의 총체까지 나누는 것이다. 그럴 때 비로소 상대방이 내 안에 거할 수 있고 경우에 따라서는 내가 상대방 마음속에 들어갈 수 있는 것이다. 부부가 그 정도는 되어야 하지 않겠는가. 왜 우리는 부부관계에서 많은 실패를 경험하는가? 의식을 나누기보다는 자기만의

아내는 선물이다

원칙을 주장하며 상대방의 보이는 것만 가지고 모든 것을 판단해 버리기 때문이다. 그런 의미에서 부부관계에서 대화만큼 중요한 것은 없다. 특히 내가 상대방을 위해 존재하고 있다는 믿음을 주는 것은 오직 소통을 통해서만 가능한 것이기 때문이다. 부부, 정말 대화를 많이 해야 한다.

Part 4
：

나이가 들어갈수록
더 사랑하라

15.
의식 전환이
필요하다

　나이가 들어가면서는 어떤 생각과 태도를 가지느냐에 따라서 살아가는 삶의 질도 180도 달라진다. "이제 이 나이에 내가 뭘 더 하겠어? 지금까지도 이렇게 살아왔는데 그냥 하루하루 이렇게 살다가 가는 거지 뭐"라는 30, 40, 50대와 오늘 하루도 활기차게 일어나 작은 일이라도 열심을 다 하면서 감사하고 행복한 마음으로 살아가는 60, 70대의 삶의 질은 달라도 너무나 많이 다르다. 50, 60대인데도 항상 신선한 느낌을 주는 젊어 보이는 사람이 있는 반면, 40, 50대인데도 인생을 다 산 사람처럼, 언제나 맥 빠진 영감탱이 같은 소리만 하는 사람이 있다. 60, 70대인데도 항상 젊고 발랄한 옷을 입고 다니는 사람이 있는 반면, 아직 40, 50대인데도 항상 노인들 색깔, 우중충한 옷만 입고 다니는 사람들이 있다. 즉, 젊은 늙은이가 있는 반면 늙은 젊은이도 있다는 말이다. 나의 생각과 태도를 바꾸는 의식 전환이 일어나지 않아서 그런 것이다. 아내한테 대하는 태도도 마찬가지이다.

결혼한 부부가 40대 쯤 되면 남편이 서서히 변해야 할 시기다. 아내에게 군림하던 데서 도움을 주는 의식 전환이 필요한 시기가 되는 것이다. 세상도 변화가 필요하듯이 가정의 남편들에게도 변화가 필요한 시기가 바로 40대이다. 왜냐면 결혼 생활 10여 년 정도 지나다 보면 가정을 떠나서는 아무것도 할 수 없다는 것을 대부분 깨닫기 시작하는 시기가 바로 이때 쯤이기 때문이다. 세월이 흐르면서 내 곁에 있는 모든 것들이 다 지워져버린다 할지라도 가장 뚜렷하고 선명하게 남는 것은 가정밖에 없다는 것을 깨닫게 되는 시기이다. 가정만이 내 삶의 원천이 되고 내가 살아야 할 가장 큰 이유가 된다는 것을 조금씩 알게 되는 나이가 바로 40대이기 때문이다. 그렇다. 우리의 가정에서 기쁨과 행복을 추구하는 만큼 모든 공허와 부족함이 채워지는 곳은 가정이다. 오직 가정만이 진실로 나를 받아주고 위로해주고 행복을 준다. 그때서야 비로소 가족과 아내의 소중함을 알고 자신의 모든 것을 서서히 내려놓게 되며, 예전보다 아내를 더 사랑하게 되고, 인격적으로 더 존중하게 되며, 큰 욕심을 버리고 살아가게 되는 것이다. 물론 모든 남편들이 다 그렇다는 것은 아니다. 40대의 보편적인 삶이 그렇다는 것이다.

그런데 대부분의 많은 남편들은 바뀌어질 생각이 별로 없는 것 같다. 아직도 아내가 먼저 변해야 된다고 생각한다. 여전히 아내를 사랑한다고 말은 번지르르하게 하면서도 자꾸만 아내를 고치려고 하는 못된 습성을 내려놓지 못한다. 이해보다는 "왜 당신이 먼저 변하지 않느냐?"고 한다. 사랑이라는 것은 진리이기 때

아내는 선물이다

문에 의도적인 사랑은 절대로 변하지 않는 속성이 있다. 사랑한다는 것은 아내를 고치는 것이 아니다. 나의 의식이 먼저 변하는 것이다. 결국 막다른 골목에 이르러서야 뼈저린 후회를 한다. 그러다 보니 가정은 달라지지 않는다. 여전히 서로가 으르렁거릴 뿐이다. 지금도 수많은 가정들이 신음하고 있다. 물론 아내도 달라져야 하지만 먼저 가장인 남편이 달라지는 게 없다 보니 그렇다. 아내만 변해 달라고 요청하니 바뀔 게 없기 때문이다. 상대방의 눈 속에 있는 티는 보면서 자신의 눈 속에 있는 들보는 깨닫지 못하는 것이다. 티가 무엇인가? 눈에 겨우 보일 정도의 아주 작은 먼지 같은 것이다. 들보는 집을 지을 때 기둥과 기둥을 연결하는 큰 통나무이다. 지금 남편 눈 안에 들보와 같은 큰 결점이 있으면서 아내의 눈 안에 있는 티와 같이 작은 결점을 비판하는 것이다. 내 눈에 들보가 없어져야 상대방의 작은 허물을 사랑으로 바라볼 수 있는 것처럼 내가 먼저 변해야 된다는 것이다. 그게 바로 아내에 대한 의식 전환이다.

　물론 남편으로서 아내와의 부부관계를 형성해 나가면서 때로는 아내를 이해하기도 힘들고, 사랑하기도 어려울 때가 분명히 있다. 하지만 남편은 그 사람의 있는 모습 그대로를 받아들일 줄 아는 지속적인 노력과 훈련이 필요하다. 무조건 내가 의도적으로 그 사람을 변화시키려고 하거나 바꾸려고 단순하게 애써서는 안 된다는 것이다. 상대를 바꾸어서 내 즐거움과 만족을 취하는 것은 아주 나쁜 이기심에서 나오는 자기 욕심이다. 아니, 나의 아집과 편견의 토대가 이미 사적인 자아로 굳어 있는 것이다. 나의 인생길에 내 마음에 꼭 맞는 사람은 이 세상 그 어디에도 없다. 난들 누구 마음에 꼭 맞겠는가? 내 말도, 내 행동도 더러는 남의 귀에 거슬리니 세상이 어찌 내 마음을 꼭 맞추어 줄 수 있겠는가? 때로는 나 한 사람 때문에 여러 사람을 가슴 아프게 할 때도 참 많이 있지 않았던가. 사람은 완벽하지 않다. 물론 완벽할 수도 없고 완벽할 필요도 없다. 부족한 부분을 조금씩 채우면서 살아가면 된다. 그러므로 내가 먼저 아내를 대하는 자세에서부터, 때로는 내 마음을 고쳐먹어야겠다는 의지적인 태도, 그리고 아내의 지금 모습 그대로를 받아들일 줄 아는 지속적인 노력과 훈련, 의식 전환이 필요한 것이다.

그렇다면 의식 전환을 구체적으로 어떻게 하라는 것인가. 그건 어려운 것이 아니다. 아주 쉽고 간단하다. 아내의 성격과 행동을 무조건 뜯어 고치려고만 하지 말고 모든 일에 내가 좀 더 유연하고 부드러운 행동을 보여 주면 된다. 아내가 원하는 건 충고가 아닌 긍정이다. 아내의 고집이 있다면 공격적인 단어로만 말하지 말고 긍정적인 말을 해 주면 된다. 그러면 아내의 성격도 조금씩 변해 간다. 아내에 대한 부정적인 생각에서 긍정적인 생각으로 전환하는 것이 의식 전환의 시작이다. 행동에서도 그렇다. 그동안 집안일을 전혀 도와주지 않았다면 한번 용기를 내어 청소기도 돌려주고, 빨래도 널어주면 된다. 분리수거까지 해주면 더 좋다. 뭐 그리 거창한 것 안해 줘도 아내는 많이 고마워한다. 정말 많이 고마워한다. 무조건 감동한다. 아내가 집에 없을 때면 스스로 집안일을 찾아서 한번 해보자. 때론 날을 잡아 아내를 위해 간단한 점심을 한 번 만들어 주는 것도 좋다. 부엌 앞치마가 기적을 이루듯이 간단한 점심 한 끼가 부부 사이를 지옥에서 천국으로 바꾸는 마법이 되는 것이다. 아내가 좋아할 만한 일을 찾아서 행동으로 보여주는 것, 이것이 아내를 위한 의식 전환이다. 좋은 남편으로 점점 변화되어 가고 있는 증거를 보여주는 것이다. 그렇게 되면 좀 뒤틀렸던 아내와의 관계도 순식간에 회복되어질 것이며 아무런 대가 없이 아내는 남편에게 더 순종하게 될 것이다. 그리고 중요한 것은 아내도 함께 서서히 변화되기 시작한다는 것이다. 소리 없이 부부가 함께 변해가고 있음을 서로가 알게 되는 것이다. 아내의 나쁜 요소들만 제거하면 행복이 올 것이라는 엉뚱한 믿음을 가져서는 절대로 안 된다는 것이다.

그렇다. 아내에 대한 의식 전환은 남편 자신의 인생을 변화시킬 뿐만 아니라 다른 한 사람의 마음과 생각도 함께 변화시킨다. 인생 비전도 바뀌어지고 삶의 태도가 변하고 세상을 바라보는 시각도 달라지는 것이다. 그때부터 아내가 새롭게 보이기 시작하는 것이다. 아내에 대한 의식 전환은 이렇게 중요하다. 특히 아내에게 사랑의 표현을 많이 하라. 수시로 사랑한다는 말을 하라. 이것보다 더 큰 의식 전환은 없다. 남자들이 제일 못하는 것 중에 하나가 사랑의 표현이다. 물론 요즘 젊은 세대들은 사랑의 표현을 제법 잘 하는 편이지만, 그나마 결혼을 하고 나면 점점 줄어들기 시작한다. 대체로 남편들은 이성적이라 아내가 알아서 파악해주길 바라지만 아내는 감성적이라 반드시 사랑을 확인해야 한다. "사랑해"라는 말을 들어야 자신이 사랑 받는 줄 안다. 어떨 때는 바보 같지만 여자들은 그렇다. 어떤 사람은 "그걸 꼭 말로 해야 아나요?"라고 묻는다. 나는 "그렇다"고 확실하게 대답해 준다. 사랑은 숨어서 하는 것이 아니다. 상대방 앞에서 대놓고 당당하게 하는 것이다. 말하지 않고, 말 못하는 사랑은 짝사랑이다. 아니면 불륜일 가능성이 아주 높다. 사랑을 말로 표현하기가 어렵다면 아내에게 메시지나 카톡을 보내라. 아내에 대한 사랑의 표현과 칭찬, 그리고 고마움을 문자로 나타낸다는 것은 말 못지않게 큰 기쁨을 선사하게 되는 것이다. 사랑의 많은 실패는 "사랑의 표현이 부족한 결과"라는 말이 있다. 이처럼 부부생활의 실패도 대부분 사랑의 표현이 부족한 결과인 것이다. 여자는 참 묘한 존재다. 남자로부터 사랑을 받을 때 꽃처럼 환하게 피어나는 특성이 있다. 사랑을 받으면 예뻐진다는 말이다. 사랑스럽다는 남편의 한 마디와 따뜻한 눈길 한 번이 아내를 기쁨으로 빛나게 하는 것이다.

그렇다. 상대방을 먼저 변화시켜서 내 인생이 변하길 기대하는 것은 아주 잘못된 생각이다. 내 의식이 먼저 변하면 상대방의 의식구조도 서서히 변할 수밖에 없다. 그것이 부부의 속성이다. 거듭 말하지만 아내가 먼저 변하면 나도 변하겠다는 것은 결국 나의 욕심이고 강요이다. 더 큰 불편을 초래할 뿐이다. 아내의 의식구조를 바꾸어 내 인생이 달라지기를 기대하기 때문에 지금도 수많은 가정들이 여전히 갈등으로 물들어 가고 있는 것이다. 부부생활 10년 쯤 지나면 아무리 남편 자신에게 유익하고 편리할지라도 자신의 코드에 맞추며 살아가서는 안 된다. 아내의 코드에 맞춰줘 가며 살아가는 것이다. 자신의 행복을 위해 사는 게 아니라, 아내의 기쁨도 생각하며 살아가는 것, 이것이 남편이 마땅히 해야 할 의식 전환인 것이다.

16.
나이가 들어갈수록
더 세심히 배려하라

　남자도 그렇지만 특히 여자는 40대가 되면 신체적인 기능과 면역력 그리고 매력이 확실히 떨어지기 시작한다. 탄력성도 떨어진다. 육체적 정신적으로 모두가 쉬 피곤해지는 나이가 되는 것이다. 뿐만 아니라 삶에 대한 도전적인 자세도 눈에 띄게 줄어들면서 모든 자신감이 쇠퇴한다. 아무것도 할 수 없다는 자가 진단을 아주 쉽게 해버리기도 한다. 40대쯤부터 시작해서 50대, 60대, 70대가 되면 여기저기 병도 점점 더 많이 생기며 체력적으로 하락하기 시작하며 쉽게 외로워지기도 한다. 그것을 '신체적 공허'라고 한다. 나이가 들수록 외로워지는 자연적 이치이다. 특히 여자는 더 그렇다. 이런 때일수록 남편은 아내에게 더 많은 관심을 가지고 세심하게 배려해야 한다.

　아내에 대한 배려는 남녀간의 평균수명을 볼 때 그 필요성을 더욱 절감하게 한다. 남성의 평균수명은 여성보다 분명히 짧다. 2013년 통계청 생명표에 따르면 남성의 평균수명은 78.7세로 여

성의 85.6세보다 무려 7세 가량 짧았다. 또 일반적으로 남편이
아내보다 서너 살 더 많다는 점을 고려하면 남편이 죽고 난 다음
아내는 10년 가량을 홀로 살아야 한다. 부부가 똑 같은 날 세상을
떠나지 않는 이상 여성이 혼자서 살아가야 할 남은 10년의 세월
을 잘 버티기 위해서는 평소 남편의 사랑과 따뜻한 배려를 더 많
이 축적해 놓아야 된다는 것이다. 나이가 들어갈수록 아내의 소
중함이 더욱 절실하다는, 아내를 사랑한다는 표시를 의식적으로
많이 할 수밖에 없는 이유인 것이다.

어디를 보아도 흠 잡을 데가 없는 한 아가씨가 있었다. 그저
단 한 가지 콤플렉스가 있다면, 눈썹이 아주 희미했다는 것이다.
그녀는 언제나 눈썹만은 예쁘게 그리고 다녔다. 부부는 결혼한
지 30년쯤 지났을 때 남편의 사업이 부도나면서 길바닥으로 내
몰리는 신세가 되었다. 당장 먹고 살 길이 막막했던 이 부부는 연
탄배달을 해야만 했다. 아내의 얼굴은 연탄가루와 땀으로 범벅
이 되어 있었다. 그러나 아내는 눈썹이 지워질까봐 얼굴을 함부
로 닦을 수 없었다. 그때 남편이 아내에게 다가와 수건으로 아내
의 얼굴을 정성껏 닦아주었다. 그러나 아내의 눈썹만은 건드리지
않았다. 남편은 이미 결혼 전부터 아내의 눈썹이 아주 희미하다
는 사실을 알고 있었던 것이다. 결혼해서도 무려 30년 동안 아내
의 입장을 세심하게 배려해 주었던 것이다. 이 땅에 사는 남편들
이 행복한 가정을 이루며 살고싶다면 아내를 사랑하는 방법을 연
구하고, 자기 아내를 행복하게 해주려고 노력할 줄도 알아야 하
는 것이다. 정말이지 배려가 없는 남편은 남보다도 못한 존재다.

특히 아내의 나이가 들어가면 더 그렇다.

　나이 들어가는 부부들을 많이 만나 이야기를 나누어 보았다. 그런데 불행한 아내들에게는 공통된 특징이 하나 있었다. 대부분의 한국 남편들이 아내의 입장을 생각하지 않고 자기 입장을 먼저 생각한다는 것이었다. 서양인들보다 훨씬 심했다. 인간은 누구나 이기적이기 때문에 아무리 합리적으로 판단해도 남편 자신의 입장만 생각하고 고집하면, 아내는 불행해질 수밖에 없다. 아내가 나이가 들어가면서 신체적 공허를 느끼는 시기에는 무조건 아내의 입장을 먼저 생각하고 배려해 주는 방법밖엔 없다. 그러므로 아내에 대한 것이라면 사소한 배려에도 최선을 다해야 한다. 물론 사소한 문제에는 모르는 척 하는 것이 최상의 방법이다. 그럴 때 아내는 행복할 수 있는 것이다.

　우리 인생이란 그렇다. 누구나 젊었을 때는 부나 명예, 성공이라는 가치 기준을 붙잡고 살아간다. 하지만 나이가 들어가면서 그 행복의 기준은 평준화가 되어 버린다. 40대가 되면 욕망이 평준화되고, 50대 쯤 되면 지식이 평준화되어 버린다. 석, 박사 출신이나 초등학교 졸업자나 별 차이가 없다는 것이다. 60대 정도가 되면 외모의 평준화가 시작된다. 아무리 예쁜 척 잘 생긴 척 해봐야 다 거기서 거기라는 것이다. 70대 쯤 되면 성(性)의 평준화가 되면서 남자나 여자나 별 의미가 없어지는 것이다. 80대는 부(富)의 평준화, 90대는 생사의 평준화, 100세가 넘으면 자연 속의 평준화가 된다고 한다. 이렇게 모든 것들이 평준화가 되어

　　　　　　　　　　　　　　　　　　　아내는 선물이다

갈 때 가장 빛을 발하는 것은 바로 삶의 의미와 가치뿐이다. 그 삶의 의미와 가치는 나이가 들어가면서도 끝까지 사랑하고 지켜 주고 배려하는 것이다.

대부분의 사람들은 결혼 전에는 여자의 예쁜 외모나 남자의 멋진 체격이 중요하다고 생각한다. 물론 결혼 전에는 맞을 수도 있다. 하지만 결혼을 한 다음에는 성품과 이해심과 자상한 배려 가 더 중요하다는 것을 그때 가서 깨닫게 된다. 어떤 여자분이 젊 은 시절 의대생과 소개팅을 한 적이 있었다고 한다. 그런데 키가 좀 작아서 두 번 다시 만나지 않았다고 한다. 단지 키가 조금 작 다는 이유 하나였다. 참고로 그 남자의 키가 170이었다고 한다. 절대로 작은 키가 아닌데 말이다. 결국 그녀는 키에 포환이 맺혔 는지 180이 넘는 남자와 결혼을 했다. 그리고 세월이 20여 년 흘 렀다. 그때 내가 왜 그랬는지 정말 후회스럽다고 했다. 결혼해서 살아보니 키 큰 것이 아무것도 아니었다는 것이다. 그 사람의 성 품과 자상한 배려가 더 중요하다는 것을 나이가 들어서야 깨달 은 것이다. 그렇다. 이해와 배려는 그 사람의 인격이다. 여자의 입장에서는 나이가 들어서도 끝까지 자상하게 배려할 줄 아는 남 편이 최고의 남편이다. 그런 남편으로 하여금 가정이 지상의 천 국처럼 느껴지게 되는 것이다. 한 마디로 배려 없는 남편은 남보 다 못한 존재다.

부부란 참 묘하다. 사랑으로 시작해서 사랑으로 살아가지만 나이가 들어가면서는 사랑만큼 중요한 것이 정(精)이다. 부부가 나이가 들면 신혼 때처럼 사랑에 목매며 살아가는 것은 불가능한 일이다. 그래서 부부는 나이가 들수록 사랑보다 정으로 살아간다고들 하는 것이다. 정(精)이 무엇인가? 잠시 그 사랑의 열정이 식어가는 틈을 메워 부부관계를 이어주는 것이 정이다. 그 정은 수많은 세월과 함께해온 기억 속에서 소록소록 배어 나오는 것이다. 나이 들어서는 너무 사랑에만 목메서는 안 된다. 자칫 배신감을 느낄 수도 있기 때문이다. 사랑보다 더 잔잔한 기억 속의 원천들이 있다. 그런 것들만 기억하며 살아가야 한다. 체온으로 다가가는 정(精) 같은 것 말이다.

인생을 조금씩 살아가다 보면 점점 사랑 자체에만 목숨을 걸지 않게 된다. 중년이 되어가면서 사람을 바라보는 시각과 함께 삶의 깊이가 동반되는 그런 사랑이 더 필요하게 되는 것이다. 그리고 나이가 점점 더 들어가면서는 인생을 길게 두고 오랫동안 함께 걸어갈 수 있는 관계의 형성을 더 소중하게 생각하는 것이다. 잘못된 부부관계에서 오는 불안함과 심리적인 갈등들이 너무나 고통스러웠다는 것을 살아오면서 많이 경험해 보았기 때문이다. 행복으로 가는 부부의 인생에서 가장 필요한 것은 결국 아내와의 아름다운 관계이다. 아내와의 관계를 아름답게 만들어 나가는 것은 언제나 서로에게 공감을 주는 것이기 때문이다. 결혼 생활에서의 가장 큰 의미는 언제나 내 옆에 머물고 있는 아내이다. 그 아내를 더 세심하게 배려하며 사랑할 수 있고 함께 울고 웃을 수 있기에 우리의 인생에는 또 다른 가치와 행복의 의미가 있는 것이다.

아내는 선물이다

나이가 점점 들어가는 내 아내가 석양을 바라보며 좋지 못한 미래의 모습을 자주 떠 올리곤 한다면 지금이 바로 남편의 더 따뜻한 사랑과 세심한 배려가 필요한 때이다. 심리학자 메리 파이퍼는 이렇게 말했다. "젊어서의 사랑은 자신의 행복을 원하는 것이지만 황혼의 사랑은 상대가 행복해지기를 바라는 것이다." 부부가 나이가 들어가면서 이제는 나를 좀 버리고 누군가를 위해, 특히 나의 아내를 위해 살아간다는 것은 정말 멋지고 아름다운 삶의 시작인 것이다.

17.
아내에게
이기려고 하지 마라

한때 유행하던 '간 큰 남편 시리즈'에 보면 간 큰 남편들의 유형을 이렇게 소개했다. 첫 번째 간 큰 남편은 밥상 앞에서 반찬투정하는 20대 남편, 두 번째는 아침에 밥 달라고 식탁에 앉아서 큰소리 지르는 30대 남편, 세 번째는 아내가 외출하는데 감히 어디가느냐고 묻는 40대 남편, 네 번째는 아내가 아침에 야단 칠 때 말대꾸를 하거나 눈을 똑바로 뜨고 아내를 쳐다보는 50대 남편, 다섯 번째는 아내에게 퇴직금을 어디에 썼느냐고 물어보는 60대 남편, 여섯 번째는 외출하는 아내에게 같이 가자고 겁도 없이 쫄쫄 따라 나오는 70대 남편, 일곱 번째는 아직도 살아서 아내로 하여금 수발 들게 하는 80대 남편, 여덟 번째는 자신의 장지도 아직 안 사놓고 아내 앞에서 히죽히죽 웃으며 화를 돋우는 90대 남편. 물론 만들어낸 말이지만 이런 말 자체가 유행이 된다는 것은 우리 사회의 놀라운 변화를 의미하는 것이다. 이제는 더 이상 아내에게 무조건 이길 수 없는 시대가 되어 버렸다.

아내는 선물이다

남편의 가장 어리석고 바보 같은 행동 중 하나는 아내와 싸워서 무조건 이기겠다는 것이다. 남편이 이겨야 하는 걸까, 아내가 이겨야 하는 걸까? 이런 쓸데없는 신경전을 벌이는 남자들은 이미 고난의 길로 들어선 남편이다. 아내에게 이기는 것은 승자가 아니다. 처절한 패배자다. 그것도 아주 부끄럽고 치사한 패배자다. 아내에게 이겨서 어쩌겠다는 것인지, 이겼더니 그렇게도 통쾌했던지 정말 한번 물어 보고 싶을 때가 많다.

영화배우 차인표 씨가 연기대상 시상식에서 한 말이다. "제가 인생 오십을 살아오면서 깨달은 것은 어둠이 빛을 이길 수 없고, 거짓이 참을 이길 수가 없다는 것입니다. 그리고 중요한 한 가지는 남편은 결코 아내를 이길 수가 없습니다." 모든 관객들이 한바탕 웃었다. 다 공감했기 때문이다. 서론부터 말하지만 자신과의 싸움에서는 늘 지면서 아내에게는 바락 바락 이기겠다는 사람이 세상에서 가장 큰 바보이다. 자식 이기는 부모 없다는 말은 쉽게 하면서 아내한테는 무조건 다 이기려고 한다. 제발 아내에게 이기지 말고 사회에 나가서 이기자. 아내에게는 이길 것 같아도 그냥 져 주자. 져 주면 아내도 져 주는 줄 안다. 아내한테는 져 주고 자신을 이기는 것이 진정한 승자다. 옳고 그름은 없고 오직 이기고 지는 것에만 목숨을 거는 사람들이 있다. 나이 들어서도 그렇게 살면 젊은이들보다 훨씬 더 빠른 속도로 몸이 망가져 버린다.

공을 던지는 사람이 있으면 받는 사람이 있어야 하듯이 두 사람이 동시에 공을 던질 수는 없다. 받을 손이 없기 때문이다. 정말 화를 내야 할 경우라면 교대로 화를 내자고 말한 후 잠시 중단하라. 부부가 싸울 때도 현재의 상황만을 취급하라. 과거의 이야기는 절대로 끄집어 내지 마라. 24시간 이내의 것만 다루고 공소시효를 지켜야 한다. 혹, 대화가 나쁜 방향으로 흘러갈 것 같으면 빨리 대화를 중단하고 한 호흡 멈추었다가 첫 마디를 다른 방향으로 돌린 후 일단 한 사람은 바로 밖으로 나가야 한다. 그러다 보면 시간이 지나면서 자연히 흐지부지된다. 그리고 반드시 한 사람이 져주게 되어 있다. 그때 남편이 대충 져주는 척 하면 된다. 이 세상에서 가장 행복하게 사는 남자는 아내에게 져주는 남편이다. 소중한 가정의 평화를 지키는 유일한 방법은 한 사람이 먼저 져줄 때 비로소 모든 것이 해결되기 때문이다.

SNS에서 감동 깊게 본 내용이다. 결혼 20년 차, 5명의 자녀를 둔 리처드 에번스는 급작스러운 이혼 위기에 내몰리게 된다. 그러나 한 문장이 모든 것을 바꾸게 된다.

아내인 케리와 저의 결혼생활은 행복과는 거리가 멀었습니다. 우리는 항상 방어적이었고 서로에게 담을 쌓았죠. 하루는 통화 중에 대판 싸우고 케리가 일방적으로 전화를 끊어 버렸습니다. 저는 한계에 다다랐죠. "나는 왜 이토록 나와 다른 여자와 결혼했던 걸까?" "아내는 왜 달라질 수 없을까?" 절망이 극에 달한 순간, 깨달음이 찾아왔습니다. 제가 해야 할 일을 알게 됐죠.

다음 날 아침, 옆에 누운 아내를 보며 이렇게 물었습니다.

"당신이 좋은 하루를 보낼 수 있도록 내가 해 줄 수 있는 일이 있을까?"

케리는 화난 표정으로 절 바라보았어요.

"뭐? 내가 어떻게 하면 당신 하루가 더 나아지겠냐고?"

케리가 나를 쏘아 봅니다.

"도와주겠다고? 가서 부엌이나 청소하든가."

아내는 내가 화를 낼 거라 생각했겠지만 나는 그저 고개만 끄떡였죠.

"알았어."

나는 일어나 부엌을 청소했습니다. 다음날 아내에게 다시 물었습니다.

"내가 어떻게 하면 당신이 더 좋은 하루를 보낼 수 있을까?"

그녀는 눈을 가늘게 뜨고 말했습니다.

"가서 차고 청소나 해."

나는 깊게 숨을 들이켰습니다. 오늘도 고된 하루가 될 텐데 나한테 이런 걸 시키느냐고 그렇게 말하고 싶었어요. 하지만 꾹 참고 대답했습니다.

"알았어."

나는 일어나서 차고 청소를 했습니다. 그 날부터 매일 아침, 케리에게 같은 질문을 던졌습니다.

"내가 어떻게 하면 당신이 좀 더 나은 하루를 보낼 수 있을까?"

그리고 케리가 원하는 건 뭐든지 했습니다. 아내가 행복해 한다는 사실에 내 마음이 행복해지더군요. 그리고 변화가 시작됐습니다. 마침내 싸움이 그쳤죠. 이제 케리가 묻기 시작했습니다.

"당신은 뭐 필요한 거 없어? 내가 어떻게 해주면 좋겠어?"

우리 사이에 쌓여 있던 벽이 허물어지는 순간이었습니다. 이후, 싸우는 횟수가 거의 없어졌고 전처럼 격하게 다투는 일도 없어졌습니다. 싸울 거리도 만들지 않게 되었습니다. 더는 서로 상처주고 싶지 않으니까요. 나와 깊은 관계에 있는 인생의 반쪽에게 꼭 해야 할 질문이 있습니다.

"내가 어떻게 하면 당신이 더 행복해질까?"

사랑은 내가 이기는 것이 아니었습니다.

그렇다. 부부는 일심동체(一心同體)라는 것을 서로가 깨달아야 한다. 이기려고 하는 것은 서로의 출발점이 다르다는 사실을 인정하는 것이다. 결코 행복한 부부의 삶을 시작해 나갈 수가 없다. 아름답게 나이 들어가는 부부의 모습이 저 혼자만의 꿈이 되어서는 안 된다. 결혼한 지 어느 정도의 시간이 흘렀다면 이제부터는 생각과 감정을 함께 공유하는 방법을 서로가 깨우치며 살아가는 것이 중요하다. 이기면서 살아가는 것이 중요한 것이 아니라 현명한 남편, 존경 받는 남편이 되는 것이 훨씬 더 중요한 것이다.

특히 부부 싸움에서 자존심 싸움은 어떤 일이 있어도 해서는 안 된다. 부부가 갈라설 수 있는 가장 빠른 지름길이다. 사실 부부가 살아가면서 자존심 때문에 씩씩거릴 때가 참 많이 있다. 그래서 별것 아닌 시퉁 맞은 말을 몇 마디 주고받다가 어느새 심각한 부부싸움의 한복판에 놓여 있게 되는 경우를 우리는 가끔 경험하게 된다. 사실 자존심보다 더 중요하고 소중한 것은 사람이다. "사람 나고 돈 났지 돈 나고 사람 났냐?"라는 말이 있다. 똑같은 이치다. 사람 나고 자존심 났지 자존심 나고 사람 난 것이 아니다. 그런데 많은 남편들이 자존심 나고 사람 난 줄 착각하고 그 알량한 자존심 하나 때문에 아내의 영혼까지 무차별 짓밟아 버리는 경우가 가끔 있다.

특히 아내의 자존심을 건드려 인격을 모독해서는 절대로 안 된다. 그런 말은 아내를 살 맛까지 떨어지게 만들어 버린다. 아무리 아내에게 문제가 있다 하더라도 '문제가 있는 사람'으로 보는 것이 아니라 지금 '그 사람이 가지고 있는 문제'만 직시해야 한다. 인격을 모독하는 자존심은 발화성이 아주 강하다. 순간적인 폭발력은 상상을 초월한다. 순식간에 분노로 변해 버린다. 자존심 때문에 평생을 후회하면서 살아가는 사람들이 얼마나 많은지 모른다. 자존심이란 상대방의 감정 따위는 전혀 생각지도 않고 나 자신을 먼저 보호하려는 아주 못된 본능에서 나오는 것이다. 자존심은 가끔 사회생활하면서 자신의 품위 유지에나 필요한 것이지 부부 사이에는 아무짝에도 쓸모없는 것이다. 부부간에 절대로 해서는 안 되는 것이 바로 자존심 싸움이다. 결국 돌아오는 것은 마음의 상처로 인한 심한 갈등과 후회뿐이다.

미우나 고우나 부부는 인연으로 만나 평생을 정으로 살아가는 독특하고도 아름다운 공동체다. 지나고 나면 별것도 아닌 작은 부부 싸움 때문에 사랑을 빌미로 사랑하지 못하는, 비 진리를 진리로 만들어 나가려는 옹졸한 남편들이 되어서는 결코 안 될 것이다. 그동안 아내에게 잘 못했던 것들이 있다면 지금부터라도 웃음으로 바꾸어 주어야 한다. 절대로 아내를 이기려고 하거나 자신의 자존심을 세우려 하지 말자. 알량한 자존심 때문에 부부 싸움을 하는 것은 정말 바보 같은 짓이다. 결국 져주는 사람이 자존감이 강한 사람이다. 아내를 이겨서 승리자가 되기보다 사랑하는 자가 되기에 더 힘써야 한다. 승리자 곁에는 패배자만 남게되지만 사랑하는 자 곁에는 사랑하는 사람만이 남는다. 결국 함께 승리하는 것이다.

18.
아내에게
보험을 들어라

"아내에게 보험을 들어라."

이게 도대체 무슨 말인가? 말 그대로다. 아내에게 나의 노후를 투자하라는 것이다. 나이 들어가면서 아내로부터 "삼식이"라는 말과 "한 두어 달 곰국이나 먹고 싶수?" 이런 구박을 듣고 싶지 않다면 아내에게 미리 보험을 들어 놓자는 것이다.

아내에게 드는 보험 중에서 가장 큰 보험은 시간 보험이다. 아내를 위해 시간을 투자하면 노후에 이익이 눈덩이처럼 불어난다. 시간이 날 때마다 아내를 위해 조금씩 조금씩 시간을 투자해 보라. 저축한 것만큼 훗날에 찾아 쓸 수가 있다. 부부가 와인을 한 잔 두고 대화하는 시간, 함께 영화를 보러 다니는 시간, 주말에 함께 외식하며 여행하는 시간, 이러한 모든 시간들을 투자할 때 그의 가정은 시간으로 쌓아올려지는 견고한 성(城)과 같이되는 것이다. 성을 이루어 놓으면 절대로 적군에게 패할 일이 없듯이 그렇게 하나씩 성을 쌓아가다 보면 나이 들어 절대로 아내에게 버림을 받지 않는다. 젊었을 때 한량으로 밖으로 싸돌아다니기만 하면서 아내의 눈에 피눈물 나게 했던 대부분의 남편들의 노후가 아주 비참하게 된다는 것은 이미 우리 모두가 잘 알고 있는 사실이다.

아내에게 보험을 드는 것은 쉽게 말하면 저축과 같은 맥락이다. 나이가 들어가면서 뜻하지 않게 목돈이 들어가는 경우가 많이 있다. 대부분 건강과 관련된 비용이다. 이처럼 남편이 나이가 들어가면서 뜻하지 않게 아내에게 고개를 숙여야 할 때가 많다. 대부분 아내에게 환심 사기 위한 비용을 미리 지불하는 것이다. 지금 아내에게 보험을 드는 것을 아깝다고 생각한다면 어리석은 행동 정도가 아니라 자칫 비극이 될 수 있다. 아내에게 보험을 들지 못한 채 나이가 들면 여성호르몬이 점점 증가하는 남편들은 날이 갈수록 남성호르몬이 왕성해지는 아내들에게 노년의 남은 생애 동안 구박을 받거나 버림받게 되거나 기죽은 채 살아가게 되는 것이다. 아내에게 드는 보험으로 설사 행복은 못 산다 할지라도 불행은 막을 수 있는 것이다.

특별히 처갓집에 열심히 투자하라. 이것도 확실한 보험이 된다. 매사에 시댁보다 처갓집을 더 우선시하라. 절대로 처갓집을 돕는 일에는 군소리를 하지 말라. 이것은 노후에 연금 같은 것이다. 시댁과 비교도 하지 말고 처가에 최선을 다하라. 최선을 다하기가 어려우면 아내의 마음을 섭섭하지 않게 최선을 다하는 척

아내는 선물이다

이라도 하라. 척만 잘 해도 아내는 좋아한다. 누가 뭐래도 아내 입장에서는 현 친정집이 훨씬 더 중요하다. 시댁은 그 다음의 문제다. 진심으로 처갓집을 위하면 아내도 당연히 시댁 문제를 책임져 준다. 연금을 들어 놓았기 때문이다. 나중에 아내가 어떤 방법으로든 그 연금을 갚아준다. 죽을 때까지 최고의 연금이 되는 것이다.

그리고 돈만 저축하는 것이 아니라 아내에 대한 사랑도 함께 저축해야 한다. 퇴근길에 오늘은 어디 가서 술이나 한잔 할까, 이런 총각 때의 생각은 이제 접고 남편을 기다리며 저녁을 준비하고 있을 아내를 생각하며 과일 가게에 들러 싱싱한 과일 몇 개라도 사서 집에 들어가 보자. 아내는 활짝 핀 미소를 띠며 남편을 맞이할 것이다. 정말 행복해 할 것이다. 이런 것들이 다 아내에게 보험을 드는 일이다. 닥치는 대로 작은 성의를 차곡차곡 투자해 놓으라. 부부의 사랑은 누가 주는 것이 아니다. 우연히 찾아오는 것도 아니다. 내가 스스로 만들어 나가는 것이다. 물론 작은 가사일을 돕는 것도 최고의 보험을 드는 것이다.

아내에게 보험을 잘 들어 놓았다면 이제 아내와 자신을 위한 세상 보험도 들어야 한다. 세상 보험도 절대로 무시해서는 안 된다. 할 수만 있다면 종신보험이나 연금보험 정도는 가입해야 한다. 노후 생활에 분명히 든든한 안전망이 될 수 있다. 사람이란 내일 당장 어떻게 될지 모르는 것이 우리들의 인간사이다. 교통사고로 죽을 수도 있고, 고혈압으로, 뇌출혈로, 심장마비로 아무런 준비도 없이 저 세상으로 떠날 수 있다. 어젯밤에 함께 낄낄 거리며 재미있게 놀다가 헤어졌던 사람이 다음날 아침에 죽었다는 소식을 우리는 얼마든지 들을 수 있다. 삶이란 와인 잔처럼 한 순간에 깨어지는 것이다. 죽음 앞에서, 운명 앞에서, 때론 불치병 앞에서 "도대체 왜 나에게 이런 고통을 준단 말입니까?"라고 아무리 외쳐 보아도 소용이 없는 것이다. 아무리 강한 사람이라 할지라도 죽음 앞에서만은 무릎을 꿇어야 한다. 정말 인정하기도 싫지만 우리는 늘 죽음이 내 옆에 있다고 생각하면서 살아갈 수밖에 없는 나약한 존재들이다. 인정할 것은 인정해야 한다. 그러므로 세상 보험에 가입하는 것이 부부의 노후 생활에 확실한 대책이 될 수 있는 것이다. 그리고 가능한 부채를 줄이고 연금 등 절세 상품에 가입해야 한다. 훗날 확실한 도움이 될 것이다. 국가나 사회의 도움을 마냥 기대했다가 나중에 어려운 상황에 부딪힐 수 있기 때문이다. 복지, 그것 다 세금에서 나오는 것이다.

그리고 여기서 또 한 가지 명심해야 되는 것은 절대로 은퇴금으로 사업 같은 것을 해서는 안 된다. 특히 "은퇴자의 재테크" 이런 광고에 현혹되어서는 절대로 안 된다. 말 그대로 은퇴금은 은퇴금으로 써야 그나마 노후가 행복해지는 것이다. 은퇴금으로 사업이 망하거나 사기당해서 쪽박 차는 어른들이 생각보다 굉장히 많다는 사실을 반드시 기억해야 한다. 노후자금을 노리는 사기꾼들이 맹수처럼 두 눈을 부라리고 있다는 사실을 365일 명심하고 있어야 한다. 아차 하는 순간 은퇴자금은 바람과 함께 사라져 버리는 것이다. 이 세상에 쉽게 돈을 버는 일은 아무것도 없다. 더

군다나 공짜란 있을 수가 없다. 논 팔아 놓고 장사하는 사람은 이 세상에 한 사람도 없다는 말이다. 절대로 그런데 속아서는 안 된다. 자기가 번 돈은 자기 스스로 간직하는 것이 상책이다. 그나마 노후에 행복하게 살려면 절대로 은퇴금으로 사업해서는 안 되며, 노후에는 돈을 더 벌겠다는 욕심과 스트레스를 가능한 버려야 하는 것이 그나마 가장 최선의 방법이다.

다시 돌아가서, 아내에게 보험을 드는 일만큼은 모든 남편들이 무조건 가입해야 할 의무사항이다. 사실 세상 보험을 들기 위해서는 적지 않은 돈을 지불해야만 한다. 그런데 아내 보험은 돈이 거의 들지 않는다는 것이다. 그냥 시간만 열심히 투자하면 되는 것이다. 얼마나 간단한 일인가? 그냥 옆에서 아내를 위해 열심히 거들어 주기만 하면 아내 보험에 가입되어 버리는 것이다. 세상 보험처럼 무슨 서류를 복잡하게 작성하거나 까다로운 절차나 보험설계사의 긴 설명을 들을 필요도 없다. 어떤 사람은 건강보험 가입을 자신의 신상과 건강정보까지 다 털린다면서 불평하는 사람들도 있다. 그런 불평 안해도 된다. 그냥 아내를 더 사랑하고 섬기기만 하면 된다. 얼마나 쉬운 일인가. 이렇게 쉽게 가입할 수 있는 보험을 안들 이유가 하나도 없는 것이다.

여자는 나이가 들어서도 강하다. 하지만 남자들은 나이가 들어가면서 훨씬 더 빨리 쇠약해진다. 여자들은 나이가 들어서도 혼자서 얼마든지 잘 살아갈 수 있다. 팔자려니 생각하면서 말이다. 하지만 남자는 혼자서 밥 한 그릇 찾아먹는 것도 힘들어 한다. 젊었을 때 아내를 모질게 했던 대부분의 남편들, 그때 가서 아내에게 외면을 받으면 도대체 대책이 없다. 젖은 낙엽처럼 아내에게 딱 붙어 인생무상을 생각하며 살아갈 수밖에 없다. 그때 가서 땅을 치고 후회하면 너무 늦었다는 것이다. 가만있다가 그냥 당할 수도 있는 것이다. 아무것도 안하고 손 놓고 있다가 비참하게 살아가는 남편들이 대한민국에 부지기수 많다는 사실이다. 그래서 아내 보험을 반드시 들어야 하는 것이다. 나이 들어서도 젊은 시절 때와 똑같은 아내의 대우를 받기를 원한다면 아내 보험 외에는 아무것도 없다. 역설적으로 아내의 보험을 드는 것이 결국 아내를 사랑하고 행복하게 살아가는 과정이 되는 것이다.

아내는 선물이다

19.
육체적, 영적 관계를
잘 유지하라

서로의 연결고리가 없는 부부의 고립상태는 단순한 감정의 문제만이 아니라 정신적, 육체적 건강에 심각한 영향을 미치게 된다. 일단 부부가 결혼을 했다면 부부의 공동체라는 굴레 안에서 관계를 맺으며 살아가야 한다. 부부란 사랑하고 사랑받기를 원하는 사회적 존재이기에 그렇다. 비록 서로가 불편하고 싫어도, 때로는 껄끄럽고 어색해도 어차피 부부는 함께 한 공간에 머물며 살아가야 하는 것이다. 그러므로 부부가 살아가면서 육체적 관계와 영적 관계는 더 없이 중요한 것이다.

그런 의미에서 부부는 먼저 육체적 관계를 잘 유지해야 한다. 육체적 관계라고 하면 섹스를 먼저 떠올리곤 하는데 사실은 그것보다 더 기본적이고 중요한 것은 스킨십이다. 부부는 평소에 육체적인 스킨십을 자주 해야 한다. 사랑이 듬뿍 담겨 있는 스킨십은 부부간의 애정을 표현하고 확인하는 가장 중요한 소통방법이 되기 때문이다. 일단 부부간에 신체 접촉이 줄어들기 시작하면 부부 사이가 점점 멀어지기 시작하고 있다는 경고라 생각하면 거의 맞다.

그렇다면 스킨십에서 가장 쉽고 원초적인 것은 무엇일까. 상대방의 손을 자주 잡아주는 것이다. 인간의 마음에서 나오는 모든 기운은 손으로 전해진다. 손을 자주 잡아 주기만 해도 아내는 무한한 행복을 느낀다. 때론 어깨를 감싸 안기도 하고, 서로의 뺨에 뽀뽀를 한다든지, 팔짱을 낀다든지, 아니면 허리를 휘감아 자신의 몸에 밀착시키거나, 상대의 뒤에서 다가가 안거나, 머리·볼·등을 다정하게 쓰다듬는 등 애정이 담긴 신체 접촉은 부부간의 사랑을 가장 잘 표현하고 확인하는 중요한 소통 방법이 된다. 좀 유치한 표현이 될 수도 있지만 가끔은 혀가 없는 행동도 필요하다. 그럴 때 아내의 몸과 마음은 활짝 열리게 되는 것이다. 그만큼 스킨십의 중요성이 강조되는 이유는 성관계 못지않게 가져다주는 친밀감의 유지와 정서적인 위안이 크기 때문이다. 그리고 스킨십을 받는 아내뿐만 아니라 스킨십을 하는 남편의 입장에서도 세로토닌이라는 호르몬이 분비되면서 내면이 편안해지고 평화와 행복감을 느끼게 되며, 불안한 마음과 우울한 기분이 순식간에 사라지게 되는 것이다. 물론 의도적인 스킨십도 필요하지만 생활 속에서 자연스러운 스킨십이 일상화되어야 한다. 작심하고 스킨십을 하는 것이 아니라 집안에서 왔다갔다 하면서 수시로 아내의 어깨를 쓰다듬고 팔을 문지르기도 하고 어깨를 감싸주는 식으로 하면 되는 것이다.

부부의 친밀감을 높이는 데 애정이 담긴 스킨십만큼 효과적인 것은 없다. 살이 닿으면 닿을수록 서로의 심리적 거리는 가까워지고, 심리적 거리가 가까워지면 육체적 거리도 가까워진다. 살이 닿을수록 외로움은 줄어들고 상대와의 친밀감은 깊어지는 것이다. 이렇게 심리적, 육체적 거리가 가까워지고 나면 비로소 성에 대한 아름다움을 나누게 되는 것이다. 행복한 부부로 살려면 부부간의 성관계뿐만 아니라 스킨십을 회복하고, 자주 만지고 만져지는 것에 익숙해질 때 정신 건강도 함께 따라오는 것이다. 특히 아름다운 부부관계는 면역력을 향상시켜 준다. 뿐만 아니라 두통 등 각종 통증에 진통효과를 가져다주며, 심장병이나 암 발생률을 낮추어 주는 아주 좋은 심장운동이 된다. 이것은 현대 성의학(性醫學)에서도 강조하는 정설(定說)이다. 그만큼 결혼에서 성관계는 중요한 부분을 차지한다. 왜냐하면 부부관계가 그저 몸이 만나서 말초신경을 자극해 쾌락을 느끼는 단순한 감각적 접촉이 아닌 서로의 육체와 마음이 교류되는 전적인 소통이 되기 때문이다.

부부가 결혼을 하면 자연스레 동거를 하게 된다. 그런데 '동거'라는 말의 헬라어 원어 뜻은 "성(性)적인 의무를 다하라"는 뜻이다. 부부관계에서 마음과 육신을 함께 하는 부부가 되라는 것이다. 한 몸이 되지 못하면 마음도 하나되지 못하기 때문이다. 그러므로 부부는 침실에서의 대화를 많이 나누어야 할 뿐만 아니라 침실에서는 절대로 돌아 누워서도 안 된다. 성서에 보면, 부부관계에 있어서 남편은 아내의 요구에 따르고 아내는 남편의 요구에 따르라고 했다. 부부간의 성관계에서도 서로가 헌신을 하라는 것이다. 서로의 몸과 마음이 매력이 있는 부부가 될 수 있도록, 매일매일 서로에게 멋진 연인으로 남을 수 있도록 노력을 해야 된다는 것이다. 부부가 너무 펑퍼짐하게 다 드러내 놓고 살지 말라는 것이다. 그리고 각 방을 따로 쓰지 말라고 했다. 정욕으로 인하여 범죄하지 않기 위한 것이다. 오늘날 성적인 유혹이 만연된 세상에서 부부는 이러한 유혹이 가정에 침범하지 못하도록 서로 헌신하는 마음을 가지고 몸과 마음이 하나되기를 힘써야 한다는 것이다. 그러므로 절대로 외도를 해서는 안 되며 부부만이 성적 즐거움을 함께 나누어야 하는 것이다.

이제 현대 여성의 성(性) 의식은 갈수록 개방적이면서 적극적으로 바뀌고 있다. 아내를 억압하면서 소유물로 생각했던 남성우월주의에만 의지했던 성은 이제 더 이상 통하지 않는 시대다. 남성우월주의가 아닌 아내와 따뜻한 대화를 통하여 육체적인 스킨십과 행동으로 아내의 마음을 움직이는 평등적 자세가 중요해진 것이다. 부부의 성생활은 상호 수용의 차원에서 이루어지는 것이기 때문에 거기에는 정신적인 일치와 감정상의 조화와 사랑의 호흡이 있어야 한다. 즉 부부간에 침실의 기쁨을 조화있게 잘 유지해 나가야 하는 것이다. 외람된 이야기지만 부부가 연간 116회 이상 관계를 가지면 1.6년에서 무려 8년까지 젊어지는 반면, 부정한 관계를 즐기는 사람은 5년에서 8년까지 더 빨리 늙어 버린다고 한다. 그만큼 부부간의 아름다운 성생활이 중요하다는 것이다.

부부관계는 부부의 사랑을 지켜주는 접착제와 같은 것이다. 부부간의 성관계가 사라지면 사랑도 사라지고, 친밀감도 상대에 대한 관심도 줄어들 수밖에 없다. 그러므로 부부관계는 정말 중요하고도 중요한 부분이다. 사랑하는 사람끼리의 사랑의 표현이고 확인이기 때문이다. 결론적으로 말해 부부간의 성은 부끄러운 것

아내는 선물이다

이 아니라 성스럽고 아름다운 것이기에 인간다운 인격을 개발하고 관계성을 유지해 나가는 데 필수적인 사랑의 조건이 되는 것이다.

지금까지 부부간 육체적인 관계의 중요성을 이야기했다. 이제 영적인 관계에 대해서도 알아야 할 부분들이 있다. 육체적 관계는 유한하지만 영적 관계는 무한하기 때문이다. 사람이 너무 힘들면 물에 젖은 솜처럼 온몸이 녹초가 되어 버린다. 이럴 때 사람들의 입에서 나오는 소리는 "영혼마저 피곤하다"라고 말한다. 사람은 영적인 존재이기 때문에 그렇다. 종교를 가지고 있지 않은 사람도 아주 급박한 위기의 순간을 맞이하게 되면 자신도 모르게 "하나님, 살려 주세요"라는 말이 제일 먼저 튀어 나온다. 이것은 하나님이 존재하고 있다는 사실을 부인할 수 없는 잠재의식에서 터져 나오는 인간의 가장 실존적인 고백이다. 왜 그럴까? 사람은 누구나 종교적이기 때문이다. 영적인 존재로 태어났다는 것이다. 그러므로 우리 인간은 신에 대해 자신을 드러내지 않고는 살아갈 수 없는 연약한 존재들이다. 일단 육체적인 것은 눈에 보인다. 해결할 수 있는 방법도 있다. 아프면 치료를 하면 된다. 하지만 영적인 문제는 육체처럼 그렇게 치료할 수가 없다. 그런 의미에서 우리 인간이 육적인 존재이기도 하지만 영적인 관계도 잘 유지해 나가야 한다는 것이다.

그러기 위해서 가장 필요하고 중요한 것은 부부가 함께 신앙을 가지는 것이다. 신앙은 부부의 삶을 지탱해주는 버팀목이 되어 준다. 그래서 서로를 위해 기도하는 마음이 있다면 부부 사이의 모든 문제에 대한 감정을 감소시켜 주는 것이다. 잠자리에 들기 전 같이 무릎을 꿇고 그 날 하루의 삶과 은혜에 감사해 하며 기도하는 부부는 행복할 수밖에 없다. 만일 신앙을 갖고 있지 않은 부부라면 서로의 손을 맞잡고 "사랑해요" 혹은 "오늘 하루도 감사한 하루였어요"라고 말한 후 잠자리에 드는 것 또한 영적인 정신 건강에 굉장히 큰 도움이 되는 것이다. 그런 부부가 그렇지 못한 부부들보다 더 행복한 부부로 매일 매일을 살아가는 것은 당연한 일이다. 이러한 소소한 것들이 부부간의 영적인 관계를 잘 유지토록 하는 것이다. 기도를 이겨낸 부부간의 불화는 없다는 것이다. 어디 멀리 볼 필요도 없다. 영화배우 차인표 신애라, 가수 션과 정혜영, 최수종 하희라 같은 아름다운 부부들처럼 말이다.

특히 남편은 반드시 아내를 위해 기도하고 잠을 자라. 남편이 아내를 위해 매일 밤 기도한다는 것을 알면 아내는 감동한다. 어느 순간부터 아내의 태도가 달라지기 시작할 것이며 그렇게 아내를 위해 기도하는 남편은 존경과 사랑을 받을 수밖에 없다. 그렇다. 아내를 위해 기도하는 남편이 그 남편의 됨이다. 부모다운 부모 됨이 있듯이 남편다운 남편 됨이 되는 것이다. 아내의 축복된 인생을 위하여, 건강을 위하여 그리고 아내가 겪고 있는 어려움을 위해 기도하다 보면 어느새 아내가 남편의 마음 깊은 곳에 자리하게 될 것이다. 부부 사랑은 인간의 노력만으로는 성취할 수 없음을 알고 자연스럽게 서로를 위해 기도하는 부부가 되어질 것이다. 부부가 살아가면서 신앙과 믿음 안에서 공통되는 목표를 갖고 그것을 함께 추구하는 노력은 분명 행복한 결혼 생활을 보장해 주는 지름길이 되는 것이다.

아내는 선물이다

사람이란 약한 존재다. 때로는 강한 척하기도 하지만 결국 나약한 존재에 불과하다. 특히 나이가 점점 들어가면서는 더욱 더 약해진다. 두려움이나 외로움이 훨씬 더 많이 밀려오기 시작한다. 자신도 모르게 우울해지고 신경질적으로 성격이 변하게 된다. 그래서 희망이라는 무엇인가를 잡고 싶어 하는 욕망이 자주 생기곤 한다. 특히 죽음 앞에서만큼은 우리 인간은 극도로 나약해진다. 그 이유는 죽음을 막기 위해서 내가 할 수 있는 일이 아무것도 없다는 것에 대한 극도의 좌절감에 이미 빠져 있기 때문이다. 그러므로 우리 인간이 그 죽음의 고통과 두려움을 초월할 수 있는 것은 오직 하나밖에 없다. 바로 신앙인 것이다.

신앙이란 내세에 대한 지향성이다. 내세에 대한 지향성이 있을 때 희망이 생기는 것이다. 우리 인간이 두렵고 무서운 죽음 앞에서 찾을 수 있는 유일한 것은 구원과 희망뿐이다. 그 구원과 희망을 가져다주는 것이 바로 신앙이다. 이 땅의 수많은 사람들이 신앙을 가지고 있는 것도 바로 그 이유인 것이다. 그래서 톨스토이는 신앙을 "인생의 힘"이라고 마지막으로 정의했던 것이다. 그러므로 우리가 살아가면서 종교를 통한 신앙을 가진다는 것은 굉장히 중요할 뿐만 아니라 육체적 건강과 정신적 안정을 동시에 찾을 수 있는 자기초월의 수단이 되는 것이다. 더 나아가 두려움과 외로움이 사라지고 평안하고 즐거운 마음을 유지할 수 있는 유일한 정신적 길이 되며, 부부간의 아름답고 행복한 관계를 훨씬 더 잘 유지하게 해주는 것이다.

Part 5
·
·

존경받는
남편이 되어라

20.
존경받는 남편이 되기 위해
노력하라

"존경받는 남편이 되기 위해 노력하라."

이 말의 의미는 존경받기 위해 노력하라는 뜻도 있지만 남편으로서 도리를 다 하면 존경받는다는 의미이다. 즉 아내로부터 존경을 받으려면 먼저 아내 앞에서 부끄럽지 않은 남편이 되어야 한다는 것이다. 신(神)은 남자의 심리를 참으로 묘하게 창조했다. 서로 받아들이는 감정을 조금은 다르게 만든 것이다. 남자는 수염이 나는 사람이고, 여자는 수염이 안 나는 사람이다. 생김새가 분명 다르지만 받아들이는 감정도 분명히 다르다. 여자는 사랑 자체에 목을 매지만 남자들은 대체적으로 사랑을 넘어 존경까지 바란다. 한 마디로 말해 남자들이 훨씬 더 이기적이라는 것이다. 그래서 남편들은 아내와 결혼을 하게 되면 아내를 통해 자신이 더 많은 유익을 얻으려는 욕구를 지니는 경향이 있다. 그것이 바로 존경까지 받겠다는 것이다. 그런데 그것이 아주 잘못되었다는 사실을 알아야 한다. 남편은 존경받기 위해서 존재하는 것이 아니라 존경받기 위해 노력해야 하는 존재이다. 결혼이 중요한 것이 아니라 좋은 남편 되는 것이 훨씬 더 중요한 이치와 같은 것이다.

아무리 세상에서 성공하고 출세했다 할지라도 가장 가까운 사람, 아내로부터 존경을 받지 못한다는 것은 비극적인 일이다. 나에게 가장 소중한 선물로 주어진 아내 한 사람으로부터도 존경을 받지 못하면서 세상에 나가서 존경을 받겠다고 하는 사람은 지금 인생을 참으로 잘 못 살아가고 있는 사람이다. 내 아내 한 사람을 사랑하지 못하면서 주위 사람들을 사랑한다고 큰 소리 치는 사람과 전혀 다를 바가 없는 것이다. 물론 우리 인간은 미완성 작품이고 부족함 투성이다. 하지만 그 부족한 점을 메꾸어 주면서 채워나가는 부부, 그래서 서로의 존재 이상의 의미가 되는 것이 부부이다. 부부가 서로의 존재 이상의 의미가 되기 위해서는 가장인 남편이 먼저 존경받을 수 있는 남편이 되어질 때 가능한 것이다.

사실 부부는 서로가 서로를 너무나 잘 알고 있다. 그런 상황에서 남편이 아내로부터 존경을 받는다는 것은 그리 쉬운 일이 아니다. 하지만 조금만 노력하면 가능하다. 남편은 남편이라는 권위 때문에 무조건 존경받는 것은 아니다. 오랫동안 변하지 않는 삶의 모습 속에서 아내에게 말이 아닌 행위로 남편의 능력을 보여 줄 수 있을 때 존경을 받게 되는 것이다. 인간이 지니고 있는 생물학적 외형은 우리의 진정한 정체성이 아니다. 한 인간의 고유성을 정의하는 것은 그 사람의 중심에서 나오는 말과 행위이

아내는 선물이다

다. 한결같은 삶, 진실함이 있는 삶, 말보다는 행동으로 보여 주는 삶을 아내가 보고 느낄 수 있을 때 아내가 존경할 수밖에 없는 이유가 되는 것이다. 말과 행동은 인품으로 그대로 나타나는 것이다. 그러므로 존경이란, 남편이 아내를 향해 '사랑한다', '미안하다', '고맙다'라고 느끼고 말하는 그런 것과는 사뭇 다른 감정이다. 말 그대로 우러나오는 것이다. 한마디로 정의를 하자면 존경받는 행동을 해야 존경을 받는 것이다. 물론 존중도 마찬가지다.

아내들은 결혼 생활에서 대체적으로 안정감을 원한다. 그래서 자신의 삶이 가치가 있다는 감정을 전해주는 것에 대해 믿으려는 경향이 있고, 또한 그렇게 되기를 원한다. 대부분의 아내들은 집안에서 어려운 일에 부닥쳤을 때 심리적으로 가장 큰 하중을 받을 수밖에 없는 위치에 있다. 그럴 때 남편은 아내를 인정해 주고, 높여주고, 사랑으로 존중하는 마음으로 대해 주어야 한다. 그렇게 대해 줄 때 아내는 남편을 존경하게 되며, 가정이 평안하고 행복해지는 것이다. 특히 여자들은 남편으로부터 자존감에 큰 상처를 받았다고 생각하면 사랑이고 뭐고 눈에 보이는 것이 없어진다. 남편이고 뭐고 모든 것이 다 미워 보인다. 스스로의 정체성과 철학을 이미 다 잃어버렸기 때문이다. 아내가 아무리 집에서 살림만 한다고 하더라도 거기에는 여자의 자존감이라는 것이 있다. 그 자존감마저 묵살하면 그것은 아내 보고 죽으라는 것이나 마찬가지다. 아내가 좀 부족해도 남편이 아내를 믿어 주고 존중해 주면 무조건 아내는 남편을 존경하는 것이다. 이제는 시대가 바뀌어도 많이 바뀌었다. 남편이기 때문에 무조건 존경받아야 된다고 생각하면 큰 코 다치는 시대다. 아내에게 존경받기 위해서는 노력해야 하는 시대인 것이다.

그렇다면 어떤 노력을 해야 아내로부터 존경받을 수 있을까. 그것 역시 별로 어렵지가 않다. 아내에 대한 지식을 가지면 된다. 아내에 대해 조금만 연구를 하면 되는 것이다. 적군을 모르면 이길 수 없듯이 아내에 대해 잘 알지도 못하면서 "아내와 행복하게 살 것이다"라고 큰 소리 치는 남편은 한 마디로 심히 어리석은 사람이다. 아내를 잘 모르는 사람은 존경을 받기는커녕 아무 것도 할 수 있는 것이 없다. 남편은 아내가 무엇을 원하는지를 알고, 아내의 장단점을 알고, 아내가 무엇을 좋아하는지도, 아내에게 무엇이 중요한지도 알아야 한다. 아내의 삶에 깊은 관심을 기울이고, 아내의 말에 귀를 기울이는 훈련과 노력을 해야 한다는 것이다. 때로는 가장 기본적이고 지켜주어야 할 아내의 생일조차도 모르는 남편들이 있다. 아예 잊어버리고 사는 남편들도 있다. 사랑이 식은 것이다. 관심이 없다는 증거다. 어떤 남편은 바빠서 잊어버렸다고 변명한다. 100% 거짓말이다. 바빠서가 아니다. 아내에 대한 관심과 사랑이 식었기 때문이다. 연애할 때 사랑하는 여자의 생일을 잊어버릴 수 있을까? 잊어버렸다면 사랑하는 감정이 이미 식었거나 아니면 그 남자가 바보라서 그렇다. 부모님 생신도 모르는 자식이 효도를 한다고 말할 수 있는가. 아니다. 불효자다. 마찬가지다. 심지어 어떤 남편은 결혼기념일도 모르는 대단한 사람도 있다. 한 마디로 남편 자격이 없다. 존경은 꿈도 꾸

아내는 선물이다

지 마라. 어떠한 이유를 댄다 할지라도 남편 자격이 없는 사람이다. 남편들은 다른 날은 다 잊어버려도, 아내의 생일과 결혼기념일은 하늘이 두 쪽 나도 기억하고 있어야 한다. 그 날만큼은 무조건 챙겨 주어야 한다. 그것도 아주 잘 챙겨 주어야 한다. 그나마 존경받고 싶다면 말이다.

물론 생일이나 결혼기념일이 다가 아니다. 그 정도는 아주 기본 중의 기본이다. 아내의 성격과 취미나 개성 그리고 아내가 좋아하는 분위기와 생각 등 가능한 송두리째 알아야 한다. 평소 아내의 관심이 무엇인지도 파악해야 한다. 사랑에는 관심과 노력이 절대적으로 필요하다. 〈가이드 포스트〉의 회장 루스 스테포드 필이 젊은이들에게 이런 충고를 했다. "배우자를 연구하라. 매력적인 동물인 것처럼 연구하라. 배우자도 끊임없이 변화하기에 연구도 꾸준히 되어야 한다. 단순히 배우자를 사랑하는 것만으로는 절대로 충분하지가 않다." 그렇다. 아내가 좋아하는 것과 싫어하는 것, 아내의 장점과 단점, 취향과 습관에 대에 알려고 노력해야 한다. 뿐만 아니라 아내가 지금 무엇을 필요로 하는지를 알고 그 필요를 채워주어야 한다. 그럴 때 존경받는 좋은 남편이 될 수 있다. 아내에게 말만 번듯하게 잘 하는 남편들이 있다. 존경은 꿈도 꾸지 마라. 삶 속에서 행동으로 남편의 성실함과 자상함과 남자로서의 능력을 보여 주어야 한다. 한결같은 삶, 진실한 삶을 아내에게 보여 줄 수 있을 때 아내가 존경할 수밖에 없는 이유가 되는 것이다. 그냥 존경받는 남편은 이 세상에 한 사람도 없다. 다 이유가 있는 것이다. 나는 이렇게 생각한다. 딸이 "나는 엄마를 지극히 사랑하는, 삶 속에서 행동으로 진실한 삶을 보여주는 아빠와 같은 남자라면 결혼하겠다"라고 말했다면 성공한 아버지요 존경받는 남편이다. 지금 나는 과연 존경받는 훌륭한 남편인가? 지금이라도 반성하고 노력해야 그 길이 보일 것이다.

대부분의 남편들에게 나이가 들어갈수록 가장 큰 문제점은 아내에게 너무 익숙해져 있다는 것이다. 그래서 무관심으로 이어지고 있다. 더 이상 아내가 익숙한 풍경이 되어서는 안 된다. 날마다 그리운 풍경이 되어야 한다. 아내에게 너무 익숙해져 있을수록 더욱 더 존중할 수 있는 지혜가 필요하다.

"당신을 만난 게 축복입니다. 당신 때문에 웃고 당신 때문에 더 감사합니다."
언제나 이런 아내의 따뜻한 말을 들을 수 있다면 지금 남편은 이미 최고의 존경 받는 남편이 된 것이다.

부부란 각자의 인생 수십여 년을 따로 살다가 하나가 되어 이제는 오직 한 곳만을 바라보며 한 몸의 인생을 살아가는 작지만 아름다운 공동체이다. 그러므로 살아가다 보면 조건 같은 것은 하나씩 둘씩 사라지게 된다. 서로간에 더 배우고 맞추어 주고 조금씩 바꾸어 나가는 것이 축복된 결혼 생활이라는 것을 깨닫게 되는 것이다. 남편이 아내에게 처음 사랑에 빠졌을 때처럼 아내의 부족한 부분들을 덮어 주면서, 때로는 아내에게 좀 섭섭하고 서운한 마음이 들었다 할지라도 더 따뜻하게 안아 주며 사랑

아내는 선물이다

해 줄 수 있다면 남은 아내의 생애는 훨씬 더 행복해질 것이며, 존경받는 멋진 남편이 될 것이다. 그렇게 살아가야 하는 이유는 단 하나, 부부는 결국 서로에게 기댈 수밖에 없는 존재의 근거이기 때문이다.

21.
아내는
존중의 대상이다

　여자는 자기 자신을 더 사랑하고 당당해지기보다 남편을 더 사랑하고 남편에게 더 잘 보이려고 하는 경향이 있다. 즉, 여자는 남편에게 순종, 헌신, 존경의 모습을 보여 주며, 현숙한 여인으로 비추어지기를 원하며, 종국엔 남편으로부터 존중받는 여자가 되기를 원한다는 것이다. 그리고 남편들은 그러한 현숙한 여인을 좋아하는 속성이 있다. 왜 그럴까? 그것은 나도 잘 모르겠다. 신(神)이 그렇게 만든 것 같다. 그렇다면 왜 대부분의 여성들은 남편이 자신을 인정해 주고, 신뢰해 주고, 존중해 주기를 바라는 것일까. 그것은 바로 자신의 가장 사랑하는 대상이기 때문이다. 그러므로 남편이 아내를 인정해 주고 존중해 줄 때 비로소 진정한 사랑을 느끼게 되고 남편을 위해 목숨까지 걸게 되는 것이다. 그런 의미에서 존중의 시작은 인지(認知)에서부터 시작되는 것이다. 어떻게 인지하느냐에 따라 무시할 수도 있고, 존중할 수도 있기 때문이다.

　　　　　　　　　　　　　아내는 선물이다

성서에 보면 "아내를 귀히 여기라"는 말이 있다. 이 말의 의미는 "아내를 존중하라"는 뜻이다. 그렇다. 남편들은 아내가 존중의 대상임을 먼저 알아야 한다. 동시에 아내가 연약한 그릇임도 알아야 한다. 이 말은 남편도 연약한 그릇이라는 사실을 전제하고 하는 말이다. 사실 알고 보면 남편도 연약한 존재다. 하지만 아내는 더 연약하다. 대한민국 아줌마는 강한지 몰라도 남편 앞에서의 아내는 절대로 강하지 않다. 아내의 몸과 마음은 더 연약하다. 더 연약한 그릇은 보호와 도움이 필요하다. 남편이 아내를 더 연약한 그릇으로 알아야 더 연약한 아내를 위한 따뜻한 배려와 사려 깊은 말과 행동들이 흘러나오는 것이다. 그런 것들이 바로 존중이다.

가끔 이런 남편들이 있다. 때로는 아내가 측은하게 보여질 때가 있어서 '이제는 아내를 더 사랑해 주어야지, 아내를 좀 더 존중해 주어야지' 그런 마음을 먹을 때가 있다는 것이다. 그런데 하필이면 그런 때 아내가 양푼에 밥을 비벼 우걱우걱 씹는 모습을 보고 만다. 그 순간 정나미가 떨어져 잘 해주고 싶은 마음이 쑥 들어가 버린다는 것이다. 무릎이 툭 튀어나온 몸뻬이 바지를 입고 집안에서 돌아다니는 꾀죄죄한 아내의 모습을 보는 순간 또다시 아내를 이뻐하고 존중하고픈 마음이 싹 사라져 버린다는 것이다. 이런 말도 안 되는 말을 하는 남편들이 가끔 있다. 자신은 팬티 바람으로 온 집안을 휘젓고 다니면서 말이다. 막상 결혼하고 나서는 180도 변해 버린 아주 못된 남편들의 특징이다. 그렇다면 아내의 입장도 한번 생각해 보자. 지금 나는 남편으로서 아내에게 얼마나 매력적인 남편으로 남아 있는지 말이다. 부부 사이에서는 모든 문제나 행동들에 대해 내 스스로 단정하거나 판단하기 이전에, 먼저 입장을 바꿔놓고 생각하는 시간들을 많이 가져야 한다. "저 여자가 왜 저러지?"가 아니라 "아하, 그럴 수도 있겠구나"라는 생각으로 바꾸는 것이다. 이것을 역지사지(易地思之)라고 한다. 입장과 처지를 바꾸어 생각해 보면서 성숙되어 가는 부부 말이다.

　대부분의 여자들도 처녀 때는 그렇질 않았다. 결혼해서 아이를 낳고 육아와 집안 살림, 특히 직장 생활까지 하는 아내들, 거기에 갱년기까지 찾아오면서 온 몸은 만신창이, 당연히 망가질 수밖에 없다. 당연히 입을 벌리고, 코를 골고 잘 수밖에 없다. 양푼에 비빔밥 담아 여느 아줌마들처럼 얼마든지 우걱우걱 씹어 먹을 수도 있다. 무릎이 툭 튀어나온 몸뻬이 바지를 입고 꾀죄죄한 그런 모습으로 비춰질 수도 있다. 그런데 이게 다 누구 때문인가? 그런 생각은 안하는 것 같다. 과정들은 생각지 않고 짧은 결과만 따지는 격이다. "나한테 시집와서 저렇게 되었구나. 내가 아내를 저렇게 만들었구나. 고생을 참 많이도 시켰구나. 자식 낳고 남편 뒷바라지하느라 몸이 저렇게 퉁퉁 불었구나. 아내의 도드라진 곡선을 결국 내가 만들어 주었구나." 오히려 자신의 행동이 가슴에 사무쳐야 할 텐데 모든 것을 아내 탓만으로 돌린다. 아내를 조금이라도 사랑하는 남편이라면 어느 날 식탁을 차리는 아내의 뒷모습을 바라보면서 아내가 불쌍하고 측은하게 보일 때가 있어야 한다. 애잔한 아내의 뒷모습에서 "내가 아내를 정말 사랑하는구

　아내는 선물이다

나"라는 그런 생각이 문득문득 들 때가 있어야 한다는 것이다.

　"아내는 행복한 가정의 무료봉사단이다." 나는 아내를 한 마디로 이렇게 정의하고 싶다. 누가 뭐래도 결혼은 확실히 남자들에게 유리한 제도다. 아무리 남편이 가정 일을 도운다고 해도 가정의 행복을 위해 가장 노심초사 모든 살림을 도맡아 일을 하는 사람은 아내이다. 오매불망 가족들을 위해 가장 많이 희생하는 사람은 그래도 아내이다. 살아가면서 정말 고마운 줄 알아야 한다. 무조건 아껴주고 존중해 주는 대상이 되어야 한다는 것이다. 그런 아내를 존중해 주고 그 아내를 더 높여주면 남편 스스로도 높아진다. 아내도 남편을 존경하게 된다. 아내는 남편으로부터 자신이 존중받고 있다는 것을 느낄 때 변한다. 자신보다 남편을 위해서 변하는 것이다. 누구나 쉽게 하는 말이 있다. "아내를 왕비로 만들어 보라. 그러면 남편은 저절로 왕이 될 것이다." 대접하는 대로 대접을 받는 것이 인생살이의 가장 단순한 진리이다. 아내를 무시하고 낮추면 남편도 아주 등급이 낮은 형편없는 남편이 되고 마는 것이다. 결국 아내도 남편을 무시하게 되는 것이다. 절대로 남편이라는 우월성의 오류를 범해서는 안 되는 것이다. 존중은 믿음과 신뢰에서 우러나오는 것이다. 부부가 왜 서로에게 "여보"라고 부를까. 여보라는 말은 "같을 여(如)"자와 "보배 보(寶)"자를 쓴다. 따라서 '여보'는 '보배와 같이 귀하고 소중한 사람'이란 뜻이다. 부부가 "당신"이라는 말도 사용한다. 당신은 '마땅할 당(當)'자와 '몸 신(身)'자이다. 배우자는 "당연히 내 몸 자체"라는 뜻이다. 배우자는 바로 나 자신이요, 내 몸만큼이나 소중한 존재라는 것이다. 그래서 아내를 "마누라, 여편네"라는 말로 낮잡아 부르지 않고 "집안의 해"를 의미하는 "안해", 즉 아내라고 부르는 것이다.

아내를 배려하고 존중하는 마음은 자꾸만 길러 나가야 한다. 가능한 아내의 생각과 뜻에 대해서는 불만을 품지 않으며 아내에 대한 배려와 사랑과 고마움, 그리고 존중하는 마음을 지니고 있으면 비록 작은 감정의 골이 생겼다 할지라도 그것을 뛰어넘는 힘이 되는 것이다. 아내를 사랑하고 존중하면 아내의 잘못도 내 잘못처럼 느껴진다. 하지만 아내를 사랑하지 않고 미움이 들어가면 나의 잘못도 다 아내가 잘못한 것처럼 생각하게 된다. 그러지 말라는 것이다. 사람들은 보고 싶은 것을 본다. 그래서 존중하려고 하면 존중이 보이는 것이다. 그러나 무시하는 마음을 가지고 있으면 존중은커녕 못된 것들만 보이게 되는 것이다. 존중은 사라지고 불신과 욕설만 난무하는 부부의 관계 속에서 행복을 기대한다는 것은 시궁창 속에서 향기로운 꽃을 기대하는 어리석은 삶이다.

존중을 한 마디로 정의한다면 "귀히 여기는 것"이다. 자신의 생명처럼 귀히 여길 사람이 내 옆에 있다는 것은 참 행복한 사람이다. 거듭 말하지만 아내들이 가장 행복해 할 때는 무조건 남편으로부터 존중을 받을 때이다. 누가 뭐래도 아내는 남편과 똑같은 인간, 똑같은 인격체로서 대우를 받아야 한다. 이걸 따지는 사람은 아주 나쁜 사람이다. 남편의 우월성을 따지는 사람은 더 나

아내는 선물이다

뿐 사람이다. 사랑으로 한 마음을 만들어 나가기 위해서 가장 중요한 것은 존중밖에는 아무것도 없다. 혼자 빛나는 별보다 함께 빛나는 밤하늘이 훨씬 더 아름다운 것처럼 서로가 놓치지 않고 싶은 사람으로 남을 수 있다면 분명 아름답고 축복된 삶이 될 것이다. 먼 훗날 "여보, 비록 오늘 내가 이 세상을 떠난다 해도 당신이 있어서 정말 행복했어요"라는 고백을 아내로부터 들을 수 있다면 지금 그 남편은 지극히 아내를 존중해 주는 사람이다. 훌륭한 남편이 된 것이다. 지금 아주 축복받은 삶을 살아가고 있는 것이다. 한번밖에 없는 인생을 정말 잘 살아가고 있는 사람이다.

22.
언어폭력은
쓰지 마라

"무심코 던진 돌에 오리는 죽는다"라는 말이 있다. 자기중심적인 사람이 타인의 반응을 무시하고 망각하는 이기적인 현상에서 빚어진 행동을 말하는 것이다. 남편의 생각 없이 던지는 막말 한마디가 본인은 금방 잊어버릴지 모르지만 아내에게는 평생 씻을 수 없는 상처로 남게 된다. 아내 입장에서는 다른 사람들로부터 받은 상처보다 남편으로부터 받은 말의 상처는 무덤까지 갈 수 있다. 아내에 대한 언어폭력은 무조건 남편의 인격을 더러운 시궁창으로 만들어 버린다. 여성은 귀로 느끼는 만족, 청각 반응이 남자들보다 훨씬 더 예민하다. 그러므로 남편의 부드러운 말 한마디는 아내를 행복하게 해줄 수 있지만 남편의 언어폭력은 아내 가슴을 갈기갈기 찢어버린다. 아내의 자존감을 짓밟아 버리는 언어폭력은 결혼 생활을 생지옥으로 만드는 지름길이 된다. 예를 들자면 이런 말들이다.

아내는 선물이다

"어휴 밥먹는 꼬라지 하고는 아예 돼지처럼 처먹네."

"뱃살이 그게 뭐냐! 지금 그 옷이 어울린다고 생각해?"

"허기사 그 몸에 어울리는 게 뭐가 있겠어."

"얼굴에 화장한다고 호박이 수박 되냐!"

"제발 주제 파악 좀 하고 살아라."

"무식한 주제에."

"하루종일 집구석에서 뭐 하는 여자야? 오늘도 잠만 쳐 잤어?"

"집안 꼬라지 하고는. 허구헌날 싸돌아 다닐 줄이나 알지."

"애들이 엄마 닮아서 머리가 그 모양이지."

"도대체 그 많은 월급은 어디다 다 쓴 거야?"

"나 아니었으면 당신은 처녀 귀신으로 늙어 죽었을 거야!"

"아, 옛날 여자친구가 그립네."

"제발 밖에 나가서 다른 여자들 하고 다니는 것 좀 보고 배워라."

이 정도 수준이면 말로써 온갖 인신공격을 하는 언어폭력이다. 아니, 인격상해 수준이다. 이런 말을 듣고도 상처를 안 받을 여인이 어디 있겠는가. 이런 식으로 아내에게 언어폭력을 하는 남자들은 험난한 노후 생활이 기다리고 있음을 반드시 기억해야한다. 그리고 응당히 그 죗값을 치르게 된다는 것도 명심하라.

부부가 살아가면서 아내의 가슴에 평생 피멍울이 맺혀지는 일만큼은 정말 없도록 해야 한다. 만약 과거에라도 그런 실수를 했다면 오늘이라도 당장 아내에게 진심어린 용서를 구해야 한다. 그동안 내가 잘못했던 것을 이제는 아내의 웃음으로 바꾸어 주어야 한다. 그 길만이 그나마 평생의 상처를 조금이나마 지워 나 갈 수 있는 유일한 방법이 될 것이다. 그렇게 해서 상처가 아문 자리에는 금세 향기가 피어나게 될 것이다. 아내들이 남편에게 가장 듣고 싶어 하는 말은 진심(眞心) 그 하나이다. 그 어떤 것 도 진심보다 더 중요하지는 않다. 진심은 반드시 통하고 전달되 기 때문이다.

그레이스 캐터만Grace H. Ketterman 박사는 『말 때문에 받은 상 처를 치유하라』는 책에서 언어폭력이 주는 심각성을 이렇게 지 적한다. "언어폭력은 상대방의 인격을 모독하여 마음의 큰 상처 를 안겨주며 수치심과 무능함이 일어나도록 비난하고 무시하는 처사다. 결국엔 그 사람의 자존심까지 깎아내려 결국 낮은 자존 감으로 살아가게 한다." 결국 언어폭력이 상대방의 인격을 파괴 할 뿐만 아니라 마침내 인간관계의 단절까지 가져온다는 것이 다. 그렇다. 상대방을 꾸짖고 화를 내는 일을 반복하는 언어폭 력은 상대방에 대한 신뢰와 애정을 한 순간에 깨뜨리고 무너뜨 린다. 결국 그 상한 감정이 냉전과 불만, 침묵과 비난을 유발하 게 되는 것이다.

특히 언어폭력을 행사하면서 아내의 집안을 욕하는 것은 횃불 을 들고 불구덩이로 뛰어들어가는 자살행위다.
"가정교육을 잘 못 받아서 그렇지 뭐."
"너네 가족은 늘 그게 문제야."
아내의 집안을 대놓고 비난하는 행위는 절대로 해서는 안 된

아내는 선물이다

다. 아내의 입장을 생각하지 않고 퍼부어대는 막말은 나중에 아무리 화해를 한다고 해도 아내의 가슴에는 아물 수 없는 비수로 남게 된다. 평생을 무겁게 내려앉은 공기 속에서 살아갈 각오를 해야 한다. 입술의 30초가 가슴의 30년이 된다는 사실을 정말 명심하면서 살아가야 한다. 『아내의 병은 10분의 9가 남편 때문』이라는 책이 있다. 남편의 말과 태도가 원인이 되어서 온갖 화병이 생긴다는 것이다. 흔히들 부부싸움은 칼로 물 베기라고 한다. 아니다. 막말싸움은 이혼의 지름길이다. 아무리 후회해도 소용없다. "그 사람이 어떤 말을 쓰는가를 보면 그 사람의 미래가 보인다"라는 말, 절대로 틀린 말이 아니다.

그리고 언어폭력 못지않게 구타를 하는 남편들이 가끔 있다. 연약한 그릇으로 여겨야 할 아내에게 주먹질하는 남편도 더 이상 행복한 가정을 꾸려 나갈 계획이 전혀 없는 사람이다. 구타하는 남편은 아내의 신체뿐 아니라 영혼까지 죽이는 아주 파렴치한 인간이다. 남편 한 사람만 믿고 시집온 아내들의 생각은 대체로 비슷하다. 이 사람이라면 험난한 세상에서 자신을 지켜줄 수 있을 거라고 믿고 결혼한 것이다. 그런데 바로 그 사람에게 두들겨 맞는다면 같이 살아가야 할 이유가 뭐가 있겠는가? 매 맞는 아내들이 자신을 때리는 남편을 얼마나 미워하고 저주하는지 과연 알기나 할까?

무려 7년 동안이나 서로 쪽지로만 대화하다가 결국 이혼을 했던 부부를 TV에서 본 적이 있다. 이 부부는 40년간의 부부생활을 유지하다가 이혼 7년 전부터 대화 없이 메모로만 의사표현을 하며 생활했다고 한다. 남편은 아내가 깻잎을 상에 올리지 않았다는 이유로 폭행했고, 병원 신세까지 지게 되었던 것이다. 이 남편의 가부장적인 태도와 아내를 통제하고 간섭하며 폭행한 것을 근거로, 재판부는 이들 부부에게 이혼할 것과, 남편은 아내에게 위자료를 지급할 것을 판결했다.

아내를 무시하고 폭력을 행사한다는 것은, 자기 자신의 열등감 표출에 다름 아니다. 내면에 해결되지 못한 상처와 낮은 자존감, 그리고 많은 위기감과 알 수 없는 두려움, 그리고 소외감과 열등의식 때문인 것이다. 즉, 자기가 어떤 면에서든지 아내보다 못한 것이 있다는 사실을 인식하게 되면서 그것을 감추기 위해 먼저 아내를 선제공격하는 억지 방법을 쓰게 되는 것이다. 물론 이것은 미리 계획하거나 의도하여 하는 행동은 아니지만 대부분 본능적인 자기방어의 태도가 오히려 언어폭력과 구타로 이어지게 되는 것이다. 나이 70이 다 되어가는 할머니가 평생을 남편으로부터 언어폭력과 구타에 시달려 왔다. 단 하루도 안 맞는 날이 없었다고 한다. 그 할머니가 하루는 친구에게 전화를 걸었다. "친구야, 오늘 남편이 병원에서 최종 진단을 받았는데 온몸에 암이 퍼져서 한 달밖에 못산다는 의사 이야기를 들었어. 너무 기분이 좋아서 나 지금 이불 뒤집어쓰고 전화하는 거야. 이제야 혼자 지내며 좀 편안히 살 수 있을 것 같아. 정말 너무 신나 친구야."

40년 만에 가장 야무지게 움직이는 그녀의 턱 관절이었다. 얼

아내는 선물이다

마나 한(恨)이 맺혔던지 할머니의 만개한 잇몸은 평생 처음으로 입꼬리를 승천하게 했다. 사실은 참 슬픈 이야기인데 나도 모르게 고개가 끄떡여졌다. 오죽이나 가슴속에 울분 덩어리를 품고 살아왔으면 그렇게 말했을까. 정말 이해가 가고도 남았다. 어쩌면 그 할머니의 평생의 눈물이 핏줄을 타고 심장으로 들어왔을 것이다. 아내를 죽도록 때리고 마치 아무 일도 없었다는 듯이 잠자리를 요구하는 남편을 아내가 얼마나 경멸하는지 남편은 알기나 할까. 여자들이 폭력적인 남편과 헤어지지 않는 이유는 남편을 사랑해서가 아니다. 대부분은 자녀들 때문이다. 그리고 비참하지만 갈 곳이 없어 팔자려니 참고 사는 것을 그 남편들은 아는가? 오죽했으면 결혼 60년 동안 남편의 구타에 시달렸던 어떤 아내가 남편을 살해한 후 경찰에게 이런 섬뜩한 고백을 했을까. "그 인간의 뼈로 해장국을 끓여 쓰레기통에 버리려고 했다"고 말이다.

이런 일들이 얼마나 일반적인 일이냐고 반문하는 사람들도 있겠지만 가정폭력을 상담하는 분들의 이야기를 들어 보면 결혼 후 남편들의 부당한 대우와 폭언, 그리고 폭행에 시달리는 경우가 우리가 생각하는 것보다 훨씬 많다는 것이다. 수십 년을 참고 또 참고 지내다가 아이들이 모두 성장한 후 어쩔 수 없이 황혼 이혼의 길로 가는 경우가 이제는 대세가 되어 버렸다는 것이다. 아내 가슴에는 실못 하나라도 박아서는 안 된다. 그러면 반드시 내 가슴에도 대못 박히는 날이 온다는 것이다. 혹 아직도 아내에게 언어폭력을 하거나 구타를 하는 남편이 있다면 그 사람은 아직도 "남자는 하늘, 여자는 땅"이라고 생각하는, 조선시대에서 타임슬립 머신을 타고 온 사람임에 틀림없다. 그는 갓을 쓰고 한복을 입고 다녀야 한다. 다른 사람들이 다 알아볼 수 있게 말이다.

정말이지 부부가 살아가면서 아내의 마음에 상처를 주는 말이나 행동만큼은 삼가야 한다. 특히 과거를 들추며 약점을 찌르는 유치한 말은 절대로 해서는 안 된다. 어떤 남편은 아내의 신체적인 약점을 가지고 장난치는 사람들이 있다. 아내에게는 씻을 수 없는 큰 상처가 되어버린다. 아내의 자존심을 상하게 하거나 모욕감이나 분개를 느끼지 않도록 정말 조심해야 한다. 아무리 아내가 잘 못해서 화가 난다 할지라도, 설사 아내가 이치에 맞지 않는 비논리적인 얘기로 궤변을 늘어놓는다 할지라도 절대로 감정을 실은 꾸중을 해서는 안 된다. 말 속에 화가 들어간 꾸중인지 아닌지 아내는 다 알고 있다. 감정을 실은 꾸중을 자주 하게 되면 언젠가는 불량 아내로 전락할 수 있다는 사실이다. 아내의 자존감이 떨어지게 되면 어느 날부터 아내는 땅만 보고 걷게 된다. 비록 아내가 좀 부족하다 할지라도, 때론 좀 실수를 하고 잘못을 했다 할지라도 "늦게 피는 꽃은 있어도 피지 않는 꽃은 없다"라는 그런 넉넉한 마음을 가지고 기다려 줄줄 알아야 한다. 아무리 척박한 땅에서 핀 꽃이라 할지라도 잘 가꾸기만 하면 향기는 더 짙어지는 것처럼 아내의 변화를 믿어주는 태도가 중요한 것이다. 변화는 천천히 오는 것이다. 심리학자 리처드 스티브스는 "설사 당신의 마음에 들지 않는 행동을 한다고 해서 무작정 비난을 해서는 안 된다. 그 행동에 대해 당신은 어떤 느낌을 받는지 솔직

아내는 선물이다

하게 털어놓아야 한다. 좋은 의사소통은 당신의 경험을 공유하고 상대방의 경험을 알아가는 것이지, 옳고그름을 따지는 것이 아니다"라고 말했다. 아무리 아내가 잘 못해서 화가 난다 할지라도 꾸중으로 해결하기보다는 느끼게 하고, 설득시키기보다는 공감하도록 해야 할 것이다.

시대가 많이 바뀌었다. 그런데도 아직 대한민국의 일부 남편들은 아내의 마음을 너무 많이 모르는 것 같다. 돈만 많이 벌어주면 남편 역할을 다 했다고 생각하는 남자들이 아직도 많이 있다. 여자는 무조건 가정에만 충실해야 된다고 생각하는 것이다. 아내라고 다 밥하고 빨래하고 청소하는 일을 좋아하지는 않는다. 남편이 이 세 가지 정도의 일이라도 도와준다면 아내가 얼마나 행복해 할까. 이 정도는 좀 생각하면서 살아가는 남편이 되어야 한다. 빨래, 청소는 그렇다 치더라도 가족을 위해 평생 몇 끼를 해주었던가? 수십 년 동안 아내가 해주는 밥을 얻어먹었으면 설거지 쯤은 해야 양심 있는 남편이 아닐까. 그런데 설거지 정도도 안하려고 한다. 남편 출근시키느라 평생을 새벽밥 지어 주며 고생했는데 말이다. 부부의 역할이란 융통성 있게 융화되어야 하는 것이다. 아내들은 남편에게 그리 큰 걸 바라지 않는다. 사소한 일에도 따뜻한 말 한마디에도 행복하고 고마워한다. 그런데 남편들이 그걸 잘 못한다. 그런데도 아직까지 언어폭력에 구타를 하는 남편들이 있다. 이 세상에서 영원히 추방되어야 할 가장 나쁜 단어이고 못된 행동이다.

아내에게 "사랑해. 고마워. 미안해"라는 말을 자주 하라. 돈 드는 일이 아니다. 돈 한 푼 안 들이고도 아내에게 좋은 남편으로 사랑받을 수 있는 가장 좋은 방법이다. 부부 갈등을 녹이는 마법의 열쇠가 된다. 그 한마디 한마디들이 오늘도 아내를 마음껏 숨쉬게 하는 또 다른 이유가 될 것이다. 여자들은 무조건 남편의 사랑을 받을 때 행복한 여자로 변하는 독특한 존재다. 날씨가 화창한 날에는 찬란한 태양처럼 예쁘다고 말해 주고, 비가 오는 날에는 촉촉한 비처럼 예쁘다고 말해 줄 때 아내는 행복해 하는 것이다. 아내들이 백만 번 들어도 기분 나쁘지 않은 말이고 천만 번 속아도 행복한 거짓말이다. 말투는 그 사람의 감정이다. 말로, 따뜻한 말 한마디로 아내를 이 세상에서 가장 행복한 여자로 만들어 줄 수 있는 것이다.

23.
첫사랑을
회복하라

첫사랑의 경험을 안해 본 사람은 없을 것이다. 누구나 한번쯤은 다 경험해 보았을 것이다. 내 마음속에 사랑의 싹이 꿈틀거리고 있다는 사실을 가장 잘 알 수 있는 단초(端初)는 역시 첫사랑이다. 그 첫사랑은 대부분 정체성에 대한 고민을 하기 시작하는 사춘기 즈음에 찾아온다. 우리 모두는 그 설렘으로 가슴이 떨려오던 황홀한 시간들을 잊지 못한다. 그래서 우리는 흔히들 말하기를 첫사랑은 영원히 잊지 못하는 사랑이라고 한다. 심지어 첫사랑을 잊지 못해 첫사랑의 추억을 간직하며 평생을 살아가는 사람도 있다. 하지만 사실인즉 연애 때의 첫사랑은 첫사랑이 아니다. 그냥 풋사랑이다. 나와 결혼한 아내가 첫사랑이 되는 것이다. 왜냐하면 그런 풋사랑보다 훨씬 더 폭넓은 불멸의 사랑, 한 여인을 나의 아내로 맞이하게 된 그 순간이 첫사랑을 넘어 아내에 대한 존재의 초월을 보여주는, 내 인생에 있어서 가장 큰 하나의 사건이기 때문이다.

우리는 아내를 처음 만났을 때의 그 날과 그 장소, 그리고 결혼을 해서 신혼을 보냈을 때의 그 기쁨과 감동 그리고 아름다웠던 날을 기억하고 있을 것이다. 지금 생각해 보아도 가슴 벅찬 날이다. 그런데 그때의 그 사랑이 지금도 유효한가? 아내를 향해 가졌던 처음의 사랑이 아직도 여전한지, 아니면 모든 것이 부정적으로 변화되어 이제는 그 첫사랑이 다 식어 버리지는 않았는지, 우리는 이쯤에서 나 자신을 한번 뒤돌아보며 나의 첫사랑을 회복해 나가야 할 것이다. 어떤 시인의 노래다.

우리 처음 만났던 그때처럼 처음처럼 언제나 그렇게 순수하게 사랑하고 싶습니다. 처음 연인으로 느껴졌던 그 순간의 느낌대로 언제나 그렇게 아름답게 사랑하고 싶습니다. 퇴색되거나 변질되거나 욕심 부리지 않고 우리 만났을 때 그때처럼 처음처럼 언제나 그렇게 순수하게 사랑하고 싶습니다.

구구절절 아내를 향한 변치 않는 첫사랑으로 돌아가기를 원하는 시인의 고백처럼 지금 아내를 향한 나의 사랑은 처음과 비교해 보았을 때 과연 어떤 모습으로 비추어지고 있을까? 과연 지금도 내 아내에게 처음처럼 사랑하고 행동하고 있는가?

처음 사랑, 다시 말해 "당신 없이는 살 수 없어" 혹은 "정말 저 사람 없이는 내가 못살 것 같아"라는 그런 순간들이 사람들에게는 다 있다고 한다. 그런데 그런 감정이 얼마나 오래 가느냐를 과학적으로 연구한 라이프지 〈사랑의 과학〉의 통계에 보면

아내는 선물이다

겨우 18개월 정도 유지된다고 했다. 그리고 최고로 오래간 사람이 3년 정도였다고 한다. 안타깝게도 사랑의 묘약은 유통기한이 너무 짧다는 것이다. 그러므로 특별한 대처 없이 자연현상 그대로 사랑이 이어지는 것이 아니라 거기에는 반드시 처방이 있어야 한다는 것이다.

그렇다면 어떻게 첫사랑의 감격을 회복할 수 있을까? 부부가 살아가면서 세월이 지나면 메마르고 공허하게 될 때가 많이 있다. 그때 첫사랑으로 돌아갈 수 있는 가장 좋은 방법은 기억에 의존하는 것이다. 첫사랑 때의 좋은 추억들을 자꾸만 끄집어내는 것이다. 과거에 아내와 함께 사랑했던 순간들, 과거 두 사람의 역사를 잊지 않고 기억해 내서 떠올려야 한다. 그때의 행복했던 순간들을 생각하면서 다시금 힘을 얻는 것이다. 가슴이 뛰지 않는 사랑은 오래가지 못한다. 결혼 생활에서 제일 슬픈 것은 설렘을 잃는 것이다. 연애시절처럼 가슴설레던 감정을 의지적으로 계속해서 만들어 나가야 한다. 물론 쉽지는 않다. 하지만 그렇게 해 보려고 의도적으로 노력하다 보면 처음 만나 뜨겁게 사랑하며 행복한 가정을 꾸리게 해준 아내에 대한 고마움의 감정으로 다시금 돌아가게 되는 것이다. 아내를 향한 첫사랑을 경험했을 때 아내 때문에 나의 삶이 어떻게 바뀌어졌는지도 생각날 것이다. 때론 연애 때, 젊었을 때의 사진을 바라보며 그때의 사랑에 대한 반응과 변화된 현재의 모습을 비교해 보는 것도 첫사랑을 의식적으로 회복해 나가는 중요한 방법이 되는 것이다. 사라져가는 기억 속에 아내에 대한 아름다운 추억의 조각들이 떠오르게 되는 것이다.

첫사랑의 회복이란 아내를 처음 만나 사랑의 열정으로 달려들었던 초심으로 돌아가는 것이다. 결혼해서 변한 나의 마음과 나의 독립적이고 자기중심적인 길을 버리고, 아내를 향한 입장을 더 생각해 주는 것이다. 부부가 살아가면서 때론 안 좋은 일이 생길 수도 있을 것이다. 그럴 때는 방향을 180도 전환해 여지껏 걸어왔던 나의 길에서 다시 첫사랑의 추억의 방향으로 돌아서는 것이다. 그럴 때 아내의 가는 길에 새로운 빛을 비추어줄 수 있는 기회들이 생기는 것이다. 대부분의 남자들은 그렇다. 첫사랑의 감격을 잊지 못하고 자꾸만 첫사랑 같은 새로운 사랑을 하기를 원하는 것이다. 새로운 여자에 자꾸만 관심을 가지려 하는 것이다. 이 세상에 하나밖에, 둘도 없는 내 아내가 버젓이 살아 있는데 또 다시 둘을 만들려고 한다. 못된 습성이다. 그것이 얼마나 부질없는 사랑인지 모르고 빠져드는 것이다. 인생을 그렇게 살아보고도 아직도 인생을 덜 깨달아서 그런 것이다.

이렇게 말하는 남자들이 가끔 있다. "아내와의 권태기가 올 때 때로는 약간의 바람이 삶의 활력소가 될 수도 있다"라고 말이다. 아니다. 바람은 상습이 되는 것이다. 단 한번의 실수의 바람으로 끝날 수가 없다. "삶의 활력소" 같은 이런 말도 안 되는 소리를 해서는 안 된다. 결국 헤어나지 못하고 가정이 파괴되는 처참한 지경에 이르게 되는 것이 바람이다. 아차, 한 눈 팔다가 신세 망치는 사람 부지기수다. 이 세상에 새로운 것이란 없다. 새로운 피조물도 없다. 결국 다 헌 것이다. 우리 인간은 본래 있던 곳에서 얼마나 멀리 떨어져 있는지를 깨달으면 그때 가서야 비로소 후회를 하게 된다. 후회하기 전에 먼저 첫사랑을 회복하기 위하여 몸과 마음과 생각을 움직여야 한다. 부부의 사랑은 신뢰다. 신뢰가 무너지면 회복하기가 정말 어렵다. 사랑은 행동으로 승화되어야 가치가 있기 때문이다.

첫사랑으로 돌아간다는 것을 다시 한 번 더 정의하자면 원래의 기본으로 돌아가는 것이다. 마치 결혼 생활에서 사랑은 빠지고 일상적인 것들만 반복되는 것이 아니라 그 사람을 더 사랑하면서 잊어버리고 놓쳐 버렸던 기쁨을 느끼고 회복하는 일에 더 충실해야 하는 그런, 가장 기본으로 돌아가는 것 말이다. 초심불망(初心不忘), 즉 과거에 우리가 첫사랑으로 충만하여 행했던 사랑의 일들로 관심을 전환시키는 것이다. 그래서 과거에 뜨겁게 사랑했던 첫사랑을 다시 반복하는 것이다. 때론 아내와 살아가는 것이 지루할 때도 있을 것이다. 왜 지루하지 않겠는가? 수십 년을 똑같은 얼굴을 보며 살아왔는데 말이다. 하지만 부부는 그렇다. 때로는 부부의 삶이 좀 지루한 것 같아도 보람이라는 것이 있다. "그래도 내가 한 여자를 만나 끝까지 지켜주며 지금까지 큰 문제없이 잘 살아 왔구나"라는 이런 보람 말이다. 그래서 부부가 울고 웃으며 평생을 그렇게 살아가는 것이다. 사랑하고 싶다는 느낌이 있든 없든간에 아내에 대한 사랑과 믿음을 다시금, 그리고 새롭게 만들어 나가는 것 말이다. 아내의 마음을 아프게 한 것이 있다면 나도 그것들 때문에 가슴 아파하게 해달라고 나를 향해 스스로 기도도 해야 한다. 믿음 안에서 서로 더 사랑할 수 있는 힘을 달라고 기도해야 한다. 내가 아내를 향하여 먼저 한 손을 내민다면 아내는 온 세상 모래알의 숫자보다 더 많은 손을 남편을 향해 내밀며 감격할 것이다. 아내는 내가 처음에 기억했던 수많은 사람들 중에 가장 많은 세월을 투자했던 사람이다. 그렇게 처음을 함께 시작했던 두 사람이 오랜 시련과 세월이 만든 끈끈함으로 늘 서로를 응원하는 인생의 친구 같은 영원한 동반자가 되어야 할 것이다.

첫사랑의 회복 없이는 지속적이고 행복한 결혼 생활을 해나가기는 참으로 어렵고 힘들다. 어쩌면 지루한 사막을 걸어가는 것보다 더 고통스러울지도 모른다. 물론 지금도 여전히 아내를 사랑한다고 말하는 사람들도 많이 있을 것이다. 하지만 첫사랑의 흔적들이 자신도 모르는 사이에 서서히 약해지다가 어느 날 순식간에 사라져 버릴 수 있다는 사실을 명심해야 한다. 아내를 향한 설렘과 뜨거웠던 그 사랑이 한 순간 바람으로 사라지는 일은 없어야 할 것이다. 정말 뜨겁고 열렬하게 사랑했던 아내에 대한 첫사랑을 다시 기억해 내자. 그리하여 첫사랑을 향했던 뜨거운 심장이 또 다시, 계속해서 뛸 수 있는 대한민국의 모든 남편들이 될 수 있으면 좋겠다.

아내는 선물이다

에필로그

세상에서,
아내만큼 소중한 사람은 없습니다.
살다보면 문득 깨닫게 되는 그런 날이 옵니다.

아내란 그렇습니다.
사랑해야 하기 때문에 함께 살아가야 하는,
세상에서 가장 작은, 두 사람만의 공동체입니다.
아무리 힘들고 어려운 아내와의 갈등이 있었다 할지라도
끝까지 용서하고 화해하고 사랑할 수밖에 없는 것이 아내입니다.
아내이기에 어쩔 수 없이.
원망도, 슬픔도, 사랑마저도 다 품안에 담으면서 살아갈 수밖에 없습니다.

때로는 지치고 힘들어 포기하고 싶을 때도,
언제나 뒤돌아선 곳,
때로는 보이지 않는 곳에서 소리 없이 눈물을 쏟아 낼 때도,
마지막까지 나의 버팀목이 되어 주었던 아내라는 존재가 있었기에,
지금, 나는 여기까지 올 수가 있었던 것입니다.

내가 지치고 힘들 때마다,
나의 일처럼 나를 위해 기도해주는 사람은 그래도 아내밖에 없었
습니다.

아내는 내 곁을 기꺼이 내어 주고도 동행하는 사람입니다.
그래서 아내와 나의 꿈은 언제나 서로를 향해 있습니다.
화해를 하지 않아도 저절로 화해가 되는 것이 부부인 것 같습니다.

지금 이 순간에도
수많은 파편을 맞아가며 고립된 날카로운 삶에 포위되어서도
하루하루를 버텨 나가는 사람들도 이 땅에는 부지기수입니다.
저마다 말 못할 사연 숨기며 살아가는 사람들도 얼마나 많은지
모릅니다.
하지만 다들 힘들다고 하면서도,
비록, 내일의 희망이 안 보이는 고달픈 삶 속에서도,
아내에게서 위안을 찾고,
삶이 어렵고 힘들수록 더 많은 사랑과 관심,
그리고 정성을 쏟을 수밖에 없는 것이 부부입니다.

행복한 만큼 행복한 것이 부부입니다.

인생이 긴 것 같지만 참 짧습니다.
정말 짧습니다.
그 짧은 세월 동안 부부가 사랑만 나누며 살아가도 부족한 시간들
입니다.
잠깐씩,
때로는 내 머릿속에서 지워버리며 살아왔던 아내,
이젠 그 아내의 소중함을 발견하며 살아갈 수 있다면,
그래서 잃어버렸던 아내의 자화상을 다시금 찾을 수만 있다면,
아내라는 존재가 이제는 더욱 더 큰 의미로 나에게 다가올 수 있을
것입니다.

섬이 없으면 바다는 외롭다. 아무리 남편이 강하다고 한들 아
내가 없으면 외로운 존재가 될 수밖에 없다. 그런데 많은 남편들
이 그걸 잘 모른다. 아직도 내 아내가 얼마나 소중한 선물인지를
잘 모르고 있는 것이다.

우리는 왜 행복한 부부 생활을 누리지 못하고 있다고 생각하는 걸까? 그 원인은 여러 가지 관점에서 접근할 수 있겠지만 가장 근본적인 이유 중 하나는 아내가 남편에게 대하는 잘못된 자세보다 대부분의 남편들이 아내에게 대하는 태도가 잘못 된 경우가 많기 때문이다. 그런데 여기에 대해 남편들도 할 말은 있다. "살아보니 내가 원했던 아내가 아니었다"는 것이다. 아내들에게도 물어 보았다. 살아보니 "내가 원했던 남편이 아니었다"는 것이다. 지금에 와서 그것 가지고 따진다는 것은 참 유치한 일이다. 밉든 곱든 내 아내이고 내 남편이다. 앞으로 어떻게 더 사랑하며 살아갈 것인가가 중요한 것이다. 물론 훌륭한 아내를 만나면 더 없이 좋은 일이다. 하지만 누구나 다 훌륭한 아내를 만날 수는 없다. 지금에 와서 내가 선택한 내 아내를 탓하면서 살아가는 것은 분명 불행한 일이다. 짧은 인생, 그 인생을 참으로 낭비하면서 살아가는 사람이다.

　　우리가 잘 아는 위대한 인물 아브라함 링컨도 아내를 그리 썩잘 만난 편은 아니었다. 대부분의 위대했던 사람들 뒤에는 위대한 아내의 내조가 있었지만 사실 링컨의 아내는 그 정도까지는 아니었다. 그러나 링컨은 자신의 아내이었기에 끝까지 품어주고 사랑했던 멋진 남자였다. 그렇다. 더 좋은 아내를 만나지 못한 것에 대한 후회가 아니라 지금 현재의 내 아내와의 관계를 잘 이끌어 나가는 사람이 멋진 남편, 훌륭한 아버지인 것이다. 안타까운 것은 아내를 사랑한다고 말은 하면서도 사랑하기가 참 힘들고 어려운 사람이라고 말하는 사람들이 있다. 그래서 아내를 향한 사랑을 비생산적인 망상으로 생각하는 고정관념을 가지기도 한다. 아니다. 아내를 위한 사랑은 자신의 욕구를 채우는 수단이 아니다. 거기에서 얻어지는 행복은 아무것도 없기 때문이다. 사람은 사랑의 힘으로 살아가는 존재다. 비록 사랑이 좀 더디게 피어오르고 있다 할지라도 사랑하면 결국엔 아내도 변하는 것이다. 내가 그를 변화시키는 것이 아니라 더 많이 사랑하고 있다는 감동이 그녀를 변화시키는 것이다. 그래서 사랑을 고단한 삶을 견디게 해주는 희망이라고 말하지 않았는가.

결혼을 하기 위해 내가 아내를 선택한 것은 내 인생 최고의 친구를 찾은 것이다. 그 누가 뭐래도 아내는 내 인생의 반려자이다. 그리고 세상 끝날까지 평생을 함께 가야 하는 동반자이다. 특히 나이가 들어가면서 남편 옆에는 친구 같은 아내, 유일한 베스트 프렌드가 있어야 한다. 비록 내 아내가 좀 부족하다 할지라도 내 아내이기에, 내가 선택한 아내이기에 그 사람을 위해 아낌없이 주는 것, 그것이 남편으로서 최고의 인생을 살아가는 길이다. 남편의 사랑이 여자를 완성시키기 때문이다.

아내 사랑이란 어떠한 환경과 어려운 여건 속에서도 아내를 배려해 주어야 하는 의지이다. 아내의 마음을 이해하고, 그 사람의 처지까지 생각해 주는 것, 어떠한 환경이나 조건이든 아내의 행복을 위해서 헌신해야겠다는 마음, 그리고 그에 따라오는 모든 방식들이 아내 사랑이다. 나보다는 그 사람을 더 유익하게 해주겠다는 보이지 않는 모든 행위이다. 더 잘 해 주지 못해서 미안한 것이다. 내가 가지고 있는 사랑을 깡그리 다 주었기에 더 이상 나에게 남아 있는 사랑이 없는 그 경지까지 가는 것 말이다.

가정의 비극은 돈을 못 버는 것이 아니다. 부부관계가 깨어지는 것이다. 가정의 가장 큰 축복은 돈을 많이 버는 것이 아니다. 부부관계가 회복되는 것이다. 내 인생의 가장 큰 의미는 언제나

아내는 선물이다

내 옆에 가까이 있는 소중한 아내이다. 그 아내를 사랑할 수 있고 함께 울고 웃으며 더불어 따뜻한 마음을 나누며 살아갈 수 있기에 내 인생에는 또 다른 가치와 행복한 의미가 있는 것이다. 아무리 지금 내가 가진 것이 없다 할지라도 마음만 먹으면 언제든지 줄 수 있는 것이 바로 아내 사랑이다. 그래서 부부의 사랑이 위대한 것이다. 진심으로 사랑하고 그 사람을 위해 축복하면 반드시 그 사람을 얻는 게 사랑의 진리이다. 그래서 사랑을 절망에서 솟아오르는 빛이라고 말하지 않았던가.

내 욕심과 이기심을 줄이고 아내에게 관대를 베풀 때 좋은 부부관계는 이어진다. 그것은 인간이 살아가면서 마땅히 행해야 할 진리이고 철학이기도 하다. 부부지간의 위대한 사랑은 죽음 앞에서 비로소 피어난다고 한다. 죽음 앞에서 비로소 깨닫는 것은 더 많이 사랑하지 못했음을 반성하게 된다는 것이다. 누군가가 나를 사랑하고 있다는 사실이 내 인생을 행복하게 만들고 나를 지탱하게 하는 것이다. 부부는 나이만 먹어가는 삶이 아니다. 세월이 지날수록 와인처럼 익어가는 숙성된 삶이 되어야 한다. 부부의 아름다운 관계를 맺어가는 서로의 대상이 되어야 한다.

머잖은 훗날, 해질녘 황혼을 함께 바라보며 옛 시절의 아름다운 추억들을 떠올릴 때 깊어가는 밤만큼이나 두 사람의 사랑도 더 깊어질 것이다. 그 황혼을 바라보는 부부가 서 있기만 해도 아름다운 한 폭의 그림이 되는 것처럼 말이다.

　　우리 인간은 탄생 그 자체만으로도 엄청난 가치를 부여받았다. 지금 이 시간에도 뜻하지 않은 사고나 질병 때문에 먼저 떠나버린 아내들로 남편들의 마음은 어디선가 방황하고 있다. 그런 사람들을 생각하면 지금 내 아내와 함께 숨쉬고 있다는 그 사실 하나만으로도 무한 감사를 하며 살아갈 이유가 되는 것이다. 오늘 하루도 아내와 함께 살아 있음이 행복인 것이다. 아직도 그곳에 당신이 있기에.

아내는 선물이다

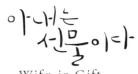

- Wife is Gift -

초판 1쇄 · 2018년 08월 04일

지 은 이 · 채복기
펴 낸 곳 · 도서출판 채영
펴 낸 이 · 채복기
편　　집 · 김성원
편집디자인 · 김은혜
표지디자인 · 하갑조
그래픽디자인 · 김익섭
캘리그래피 · 박서영

등록번호 · 제25100-2018-000047호
등록일자 · 2018년 07월 19일

주　　소 · 서울시 은평구 진흥로85로, 지층 (역촌동)
전　　화 · 070-8241-6027
이 메 일 · chaeyoungbooks@gmail.com
ISBN 979-11-964424-0-8 03810